Geschichten aus der Wortweberei zwischen den Meeren

Geschichten aus der Wortweberei zwischen den Meeren

Erzählt und zusammengestellt von

den Wortspinnerinnen:

J. Arnegger, R. Deuter, U. Hörcher

Impressum

Bibliografische Information der Deutschen Nationalbibliothek:
Die Deutsche Nationalbibliothek verzeichnet diese Publikation in der
Deutschen Nationalbibliografie; detaillierte bibliografische Daten sind
im Internet über http://dnb.dnb.de abrufbar.

© 2020 Jannine Arnegger, Regina Deuter, Ute Hörcher

Zeichnungen: Spinnrad (S. 10), Autorinnen-Symbole unter jeder
Geschichte & Autorinnen-Figuren (S.190) & Cover-Rückseite: Jannine
Arnegger

Foto Spinnennetz (S. 189): Regina Deuter

Titelbild: Lisa Arnegger

Mitwirkende/Idee: Schreibwerkstatt Kappeln & die Wortspinnerinnen

Herstellung und Verlag: BoD – Books on Demand, Norderstedt

ISBN: 978-3-7526-6138-5

INHALT

SPINNEREIEN (STATT VORWORT)

Jede Geschichte beginnt mit dem ersten (Gedanken-) Faden, gleich dem ersten Flugfaden, den eine Spinne für den Bau ihres Netzes spinnt. Damit aus Flugfäden überhaupt ein Netz gesponnen werden kann, muss das andere Ende des Fadens einen guten Ankerplatz finden, an dem er haften bleiben kann. Dazu braucht es Wind. Auf ihn vertraut die Spinne. Geduldig wartet sie, bis er kräftig weht, um ihren Faden länger und länger zu spinnen, damit er vom Wind durch die Luft getragen wird.
In welche Richtung ihr Faden fliegt, kann sie nicht beeinflussen; ebenso wenig steht es in ihrer Macht, den Zeitpunkt zu bestimmen, wann das andere Ende ihres Fadens den Ankerplatz findet und sie beginnen kann, ihr kleines Kunstwerk zu bauen.

Zwischen den Meeren gibt es genug guten Wind.

Und genau hier leben wir, sind in Bewegung, auf der Suche nach geeigneten Plätzen, an denen wir unsere ersten Gedankenfäden spinnen, darauf vertrauend, dass sie einen guten Ankerplatz finden. Dabei bleibt es immer spannend, denn ähnlich wie die Spinnen haben auch wir es nicht immer in der Hand, wo genau das Ganze hinführt.
Figuren, die wir mit dem ersten Faden ins Leben rufen, suchen sich bisweilen ihren ganz eigenen Platz in den Geschichten:

Sie führen uns an mystische Orte, hinein in tiefe Wälder, an Meeresstrände, locken uns in zauberhafte Gassen alter

Städte oder ins hektische Getriebe von Großstadtmetropolen, nehmen uns mit auf Bahnhöfe und auf Reisen oder in gute Stuben aus längst vergangenen Zeiten. Für eine kurze Weile lassen Sie uns eintauchen in andere Welten, hinter die Kulissen schauen oder in den eigenen Spiegel…

Manchmal, wenn ich geplagt von Schreibblockaden gefühlte Ewigkeiten vor mich hinstarre und die Müdigkeit mich überfällt, kommt eine kleine Spinne ins Blatt gesprungen. Ich schrecke hoch! Bitteschön!
Dann nehme ich eben ein neues Blatt und fange endlich an zu schreiben…

AUFBRUCH

Die spannendsten Zeiten im Leben sind wahrscheinlich die, in denen Menschen aufbrechen, sich auf den Weg machen. Manchmal, um etwas Neues zu sehen, manchmal, um etwas Altes endlich hinter sich zu lassen oder gerade im Gegenteil, um alten Verbindungen nachzuspüren und sie neu zu festigen. Manchmal geht es auch nur darum, in Bewegung, einfach unterwegs zu sein.

Oft kehren die Menschen von den Zielen, zu denen sie aufgebrochen sind, wieder zurück nach Hause. Aber kommen sie wirklich als dieselben zurück?

Vier Geschichten von Reisen und Aufbrüchen haben wir zusammengestellt. Vier unterschiedliche Motivationen führen die Figuren mal in den Süden, mal in den Norden, in die Vergangenheit, an magische Orte oder zu Menschen mit anderen Lebensentwürfen.

Welche Erfahrungen und Veränderungen, welche aufregenden Gefühle oder beruhigenden Vergewisserungen ergeben sich? Verändert eine Reise in die Vergangenheit auch die Zukunft? Welche Fäden spinnen wir, welche Netze und Muster entwickeln sich daraus? Welche Fäden wollen wir stärken, welche abreißen lassen? Wohin sollen die neuen Fäden fliegen?

Hin und wieder zurück

Knatternd, spuckend und ratternd pflügen sich Stahlrosse
auf eisernen Schienen durch das Land.
Rasende Ungetüme, die in ihren Bäuchen ein Potpourri aus
aller Welt beherbergen. Wild zusammengewürfelt und oft
auf sehr beengtem Raum. Immer dann nämlich, wenn der
stählerne Koloss eine zu üppige Schar hereinströmender
Reisender geschluckt hat.
Schnell und immer schneller eilen wir an den ersehnten,
doch meist weit entfernten Ort. Fast wie in einer
Zeitmaschine…
Die Fahrt in schaukelnden Zügen, wenn draußen noch die
Dunkelheit regiert, verursacht in mir ein Gefühl der
Orientierungslosigkeit und lässt Panik aufsteigen. Fixpunkt
suchen und tief atmen ist das, was einigermaßen hilft
zurückzukommen.
Regentropfen perlen lautlos in unvorhersehbaren Bahnen
die Scheibe hinab. Die Landschaft rast an mir vorbei und es
ist meinem Auge nicht vergönnt, länger auf einem Punkt zu
verweilen. Zu schnell wird er mir wieder entrissen, nur um
rasch durch neue Bilder ersetzt zu werden. So schnell, dass
mir schwindelt und ich die Augen schließen muss. Einen
Moment nur…
Wer blickt mir da entgegen? Wer ist diese Person im
Fenster? Nur mein Spiegelbild?! Bin ich das wirklich?
Zugegeben, sie sieht mir ähnlich, begleitet mich treu mein
ganzes Leben schon und die meiste Zeit kommen wir auch
ganz gut miteinander aus.
Dennoch lege ich meinen Fokus lieber wieder in die Weite,
raus aus meinem beengenden Ich.

Überall an den Bergen kleben Ansammlungen kleiner, bunter Häuser wie Farbtupfer in der Landschaft. Daneben hangeln sich terrassenförmig angelegte Felder die Steigungen hinauf. Ein ungewohntes Bild für jemanden wie mich, der aus dem flachen Land kommt, aber es gefällt mir irgendwie. Größere oder kleinere Bahnstationen unterbrechen zeitweise die Fahrt. Ein Halt, um neue Fracht aufzunehmen oder zu entlassen. Sie ähneln oft heruntergekommenen, dreckigen und verlassenen Orten. Wie aus einem Endzeitdrama.

Es gibt aber auch solche, die hochmodernen kleinen Städten gleichen, in denen sich hunderte Reisende aus aller Herren Länder tummeln.

Wie in diesen Tagen so oft, sitze ich auf einem blau gepolsterten Sitz im Bauch einer eisernen Schlange und lasse meine Gedanken wie meinen Blick schweifen, schaue von einem Gesicht zum nächsten. So viele unterschiedliche Gesichter. Was mag sich wohl für eine Geschichte hinter ihnen verbergen? Zum Beispiel hinter den dunklen Augen in dem ebenso dunklen Gesicht? Lebt sie schon lange hier? Oder ist sie erst vor kurzem hierhergekommen? Wie sieht ihr Alltagsleben aus, was arbeitet sie? Arbeitet sie überhaupt? Hat sie hier Familie, Freunde?

So viele Gesichter, so verschieden. Die meisten abwesend, in sich gekehrt, ohne ein Lächeln. Vielleicht ist es auch noch zu früh dafür. Ein bisschen traurig irgendwie. Niemand hat Augen für die schöne Landschaft, die sich verzweifelt anbietet, alles auffährt, was zu dieser Jahreszeit möglich ist, nur um einen anerkennenden Blick zu erhaschen. Blaue Blütenpolster leuchten schüchtern unter den Bäumen am Wegrand hervor. Schieferartige Steinmassive, knorrige, alte

Bäume und dünne, alte Birken säumen unseren Weg. Wahrscheinlich ist dieser Anblick längst zur Gewohnheit geworden… Wie schade. Ich hoffe für mich, dass sich mein Blick niemals der Gewohnheit ergibt und der Zauber des Augenblicks sich hinter dichten Schleiern verbirgt.

Da ist eine junge Frau… Sie nimmt Abschied von ihrem Mann oder Freund. Er hält ihre kleine, wunderschöne Tochter auf dem Arm. Dieser Abschied fällt bestimmt nicht leicht. Sie reist mit großem Koffer und ich nehme an, sie werden längere Zeit getrennt sein. Tränen kullern, ganz leise, so dass niemand es merkt. Warum darf es eigentlich niemand merken?

Nicht allen geht es so, einige unterhalten sich angeregt über dies und das. Unterbreiten lauthals ihre Reiseerfahrungen in ferne Länder. Die meisten aber sind für sich, tickern auf ihren Handys oder haben ihre Umgebung ausgeschlossen durch dünne Kabel, die in ihren Ohren zu winzigen Kopfhörern werden und ihren Kopf mit lauter Musik füllen. Einige jüngere bereiten sich an Laptops auf die Schule vor, erstellen sogar kompliziert aussehende grafische Konstruktionen oder blättern einfach auf ihren Handys in Mangas herum. Ein junger Mann schaut auf seinem I-Pad einen Film an und spielt gleichzeitig auf seinem Handy ein Jump and Run Spiel. Zuviel Multimedia für meinen Geschmack. Nicht einmal hier kann man die sich immer schneller drehende Welt ausschließen. All dem zum Trotz versuche ich zu entschleunigen, ich kann ja doch nichts anderes tun, als abwarten und die Zeit absitzen, die es eben dauert, mein Ziel zu erreichen.

Wieder jagt die Landschaft an mir vorbei. Berge, Städte, Täler und Tunnel, jede Menge Tunnel. Unglaublich, wie oft uns der Weg durch Erde und Gestein führt und wir für einen Moment von absoluter Dunkelheit verschluckt werden. Und immer noch Hügel hinter Hügel. Steinfelder erstrecken sich in den Ebenen, als hätte die Erde sie wahllos ausgespuckt. Trotzdem ergibt alles eine harmonische Ordnung. Moos- und flechtenbewachsen säumen sie die Landschaft. Mal wild, mal geordnet in Reih und Glied aufeinandergeschichtet. Stein auf Stein umgeben sie Felder, Häuser und Wäldchen. Sumpfige Moorlandschaft links und rechts der Schienen. Kleine Birkenwäldchen, die sich in blaugrünen Tümpeln nasse Füße holen, fliegen an mir vorbei. Bäume verwandeln sich in skurrile Gestalten, von Wind und Regen in Form gegossen. Die knorrigen Äste der noch kahlen Bäume ragen einsam in den trüben Himmel. Ein leises Grün auf deren Spitzen erweckt die Hoffnung auf den nahenden Frühling.

Und wieder geht es zurück ins flache Land. Hier wirkt alles trister, leerer, ja irgendwie auch einsamer…

Aber das stört mich nicht, es ist zu Hause.

Mein Zuhause.

Hermann

Kaum eine Stunde war vergangen, seit Hermann seine
kleine Einzimmerwohnung in der Kattegatstraße sorgsam
abgeschlossen hatte und aufgebrochen war Richtung
Hauptbahnhof – in der Hand sein braunes, schon sehr in die
Jahre gekommenes Lederköfferchen, in der Innentasche des
altmodischen Stoffmantels sicher verstaut all seine Papiere,
sein Geld, seine Fahrkarte und ein weißer Briefumschlag.
Darin befand sich eine Einladung, die ihm völlig
überraschend vor einigen Wochen ins Haus geflattert war.
Eine Ewigkeit war es her, dass er das letzte Mal auf Reisen
war. Das Datum wusste er noch genau – es war der 21.
Januar 1949, zwei Tage nach seinem achten Geburtstag. Eine
Reise ins Ungewisse.
Hermanns ausgezehrter Körper stand auf einem kalten,
zugigen Bahnhof, in der einen Hand das kleine, braune
Köfferchen, die andere hielt die Hand des Jungen neben ihm
fest umklammert. Seine Beine schlotterten vor Angst genau
wie jetzt, als er in die U-Bahn stieg. Sein Magen krampfte
sich zusammen und bis zum Hauptbahnhof hatte sich seine
Angst in blanke Panik verwandelt.
Auf der Stelle wünschte er sich zurück in sein vertrautes
Zuhause. Dort war Sicherheit, Ruhe, Ordnung. Ach wäre es
nicht schön, würde er jetzt an seinem geliebten Platz am
Küchenfenster sitzen, seinen Tee trinken, etwas in der
Zeitung lesen und die Morgensonne genießen, die jetzt
bestimmt ganz wundervoll in seine kleine Küche scheinen
würde.

Stattdessen stand er nun mit seinem Köfferchen und seiner Panik auf diesem gottverdammten, zugigen Bahnsteig mitten im Chaos.

Der Bahnsteig war voll von lärmenden Menschenmassen, überall aufgetürmtes Gepäck. Bettler bahnten sich ihren Weg durch die Menschenmenge in der Hoffnung auf Almosen. Kaum vorstellbar, dass sich dieses Durcheinander in wenigen Minuten auflösen sollte, wenn der Zug einfuhr, ohne dass vorher jemand für Ordnung gesorgt hatte.

Hermann kannte das ganz anders.

Stillstehen in Zweierreihen, den Blick auf den Boden gerichtet, nicht reden, nicht weinen, jeder von ihnen ein kleines Köfferchen in der Hand. Sie hatten nicht viel, was sie ihr Eigen nennen konnten.

Hermann versuchte, ein Plätzchen in diesem Durcheinander zu finden, an dem er nicht ständig angerempelt oder angebettelt wurde. Er wollte unauffällig bleiben, doch es gelang ihm nicht. Zu allem Überfluss fand sich auch noch eine Schüler-Reisegruppe auf dem Bahnsteig ein, die nichts Besseres zu tun hatte, als sich genau neben ihm zu platzieren - samt Gepäck. Dieses ungehobelte, pubertäre Gejohle dicht an seinen Ohren gab ihm den Rest!

Die Lautsprecher-Durchsagen gingen unter in dem Lärm. Nur bruchstückhaft konnte Hermann etwas heraushören von Verspätung – Weichenstörung - Ostbahnhof - 20 Minuten – Entschuldigung – bedanken uns – Geduld und Verständnis. Beides war ihm längst abhandengekommen. Nochmal 20 Minuten Wartezeit. In diesem Chaos! Zu viel Zeit zum Nachdenken und sich aufs Neue über sich selbst zu ärgern. Ja hatte er denn völlig den Verstand verloren, als er sich auf diese Reise eingelassen hatte? Und das, mit

Verlaub, war ja erst der Anfang! Hermann mochte sich gar nicht ausmalen, was da noch alles auf ihn zukäme.

Die aufgeregte Freude, die er empfand, als er vor vierzehn Tagen die Einladung in seinen zittrigen Händen hielt, war längst verflogen. Hätte er nicht wissen müssen, dass ihm das Reisen so viel Angst bereiten würde? Aber er konnte nicht einfach umkehren und nach Hause fahren. Er wusste, dass es auch dann nicht mehr so wäre wie vorher. Der kleine Umschlag in seiner Manteltasche hatte alles auf den Kopf gestellt.

In der Zwischenzeit hatte sich die Schülergruppe ausgebreitet, sodass sich Hermann unversehens mittendrin befand. Zehn Halbwüchsige und ein Lehrer, der es längst aufgegeben hatte, sich in diesem energiegeladenen Haufen Gehör zu verschaffen. Dazwischen er – der stille Hermann – schon etwas in die Jahre gekommen – genau wie sein abgewetztes Köfferchen. Während er versuchte, seiner Panik Herr zu werden, trafen sich wie zufällig seine Augen mit denen des elften Schülers, der ein klein wenig abseits auf der Erde hockte und genauso wenig in die Truppe passte wie der unfreiwillig hineingeratene Hermann. Es schien, als hätte ihn der Junge schon eine Weile beobachtet, ihn als Fremdkörper in diesem bunten Haufen erkannt, ihn, den stillen, einsamen Hermann. Aber jetzt, wo Hermann zurückschaute, wandte der Jugendliche seinen Blick in eine andere Richtung. Ein seltsames Gefühl überkam Hermann. Aber er konnte sich keinen Reim darauf machen. Dieser Blick aus diesen dunkelbraunen, fast schwarzen Augen! Er berührte etwas, das tief in seinem Inneren verborgen war! Das seltsame Gefühl des Augenblicks mischte sich unter seine Panik und versetzte ihn noch mehr in Aufruhr!

18

Der Zug fuhr ein und die Menschenmassen drängten hektisch zu den Eingängen, hetzten kreuz und quer, stießen und rempelten, um an die gebuchten Wagennummern zu gelangen.

Hermann musste keine Wagennummer suchen. Er hatte keine Platzkarte gekauft. Seine verdammte Sparsamkeit, die er jetzt leise verfluchte.

Irgendwie schaffte er es, in eines der Waggons zu gelangen. Er behielt die Schülergruppe im Auge. Auf keinen Fall wollte er seine Zugfahrt mit diesem lärmenden Haufen um sich herum verbringen. 20 Minuten auf dem Bahnsteig waren genug!

Im Zug ging es schlimmer zu als auf dem Bahnsteig. Hermann kämpfte sich mühselig durch die vollgestopften Gänge der Waggons und hielt nach einem freien Platz Ausschau, weit weg von der Truppe. Kurz vor dem Speisewagen in einem Sechser-Abteil fand er einen freien Sitz. Er verstaute sein Köfferchen in der Gepäckablage und ließ sich erschöpft nieder, in der Hoffnung, dass keiner der Mitreisenden versuchen würde, ihm ein Gespräch aufzudrängen.

Der Zug nahm Fahrt auf und verließ die Stadt Richtung Polen. Hermann schloss die Augen. Das gleichmäßige Rütteln des Zuges beruhigte ihn ein wenig. Noch konnte er ausruhen. Das nächste Abenteuer würde ihn erwarten, wenn er den Zug wieder verlassen musste. Er hatte Glück. Seine Mitreisenden waren ruhig und belästigten ihn nicht. Es wurde gelesen und geschlafen und Gurke geschält.

„Nächster Halt – Frankfurt/Oder!" Inständig hoffte er, dass die Reisegesellschaft mit ihm bis ans Ziel fahren würde.

19

Er dachte an die kleine Hand seines Freundes – damals auf dem Bahnsteig, die er fest umklammert gehalten hatte. Er hatte versprochen, sie nicht loszulassen! Zwei Jahre lang teilten sie sich ein Bett, lagen nachts dicht beieinander, trösteten sich. Sie erfanden Geschichten, die sie sich gegenseitig erzählten, um die Dunkelheit in ihren Köpfen zu ertragen. Nur manchmal kamen dabei Bruchstücke ihrer wahren Geschichte ans Licht.

„Nächster Halt – Wroclaw!"

Hermann schreckte hoch. War er tatsächlich fest eingeschlafen?

Allgemeine Aufbruchstimmung herrschte im Abteil. Seine Mitreisenden verabschiedeten sich.

Hermann blieb allein zurück. Er setzte sich ans Fenster, um ängstlich die zusteigende Zahl der Gäste abzuschätzen. Nur wenige stiegen ein und verteilten sich zu seiner Erleichterung auf andere Abteile. Er atmete auf!

Endlich konnte er sein Köfferchen von der Gepäckablage nehmen. Er holte sein Taschenbuch heraus und ein paar belegte Brote, die er sich als Reiseproviant mitgenommen hatte.

Jetzt war er wieder für sich!

Aber das Glück währte kaum eine Stunde. Die Abteiltür wurde aufgerissen und die dunkelbraunen Augen vom Bahnsteig schauten ihn an:

„Is' hier noch frei?"

Hermann nickte missbilligend. Der Junge ließ sich auf einen Platz fallen und legte die Füße auf den gegenüberliegenden Sitz.

Hermann nahm sein Buch in die Hand. Ausgerechnet dieser Junge musste sich zu ihm setzen.

20

Der Junge zuppelte ein Päckchen Kaugummi aus seiner Jeans.

„Och'n Kaujummi?" Er hielt ihm das Päckchen vor die Nase.

„Nein, Danke!", antwortete Hermann bestimmt und wollte am liebsten noch hinzufügen, dass der Junge das Kaugummikauen in seiner Gegenwart unterlassen solle, weil er es hasste.

Erneut versuchte er, sich auf sein Buch zu konzentrieren.

„Wat liest'n da, Alter?"

Bevor Hermann antworten konnte, las der Junge den Titel seines Buches mit schräggelegtem Kopf selbst vor: *Der Steppenwolf*. Ey, Mann, geiler Titel – von wat handelt 'n dit?"

Hermann holte tief Luft: „Hören Sie, junger Mann, ich heiße nicht ‚Alter' und ich habe auch keine Lust, mit Ihnen über mein Buch zu reden! Wieso sind Sie nicht bei Ihrer Truppe und lassen mich hier einfach in Ruhe!"

Die dunkelbraunen Augen sahen ihn erstaunt an und wieder kam dieses seltsame Gefühl in ihm hoch.

„Ick dachte mir, du könntest Jesellschaft gut jebrauchen, als ick dir da so uff'm Bahnsteig jesehen hab' und meene Truppe nervt voll! Ick hatte von Anfang an keene Lust uff diese Reise! Warschauer Ghetto solln wa uns ankieken und ins Museum und det allet und dann 'n Referat drüber halten. Keen Bock uff sowat! Ick bin übrijens Kevin!"

Hermann horchte auf. Warschauer Ghetto! Er sah von seinem Buch hoch.

„Ick wees, is 'n bescheuerter Name, den sich meine Alten da ausjedacht haben. Und du?"

„Hermann."

Die dunklen Augen leuchteten auf!

„Det jefällt ma! 'N richtiger deutscher Name! Hätt ick och jerne!"

„Ist nicht mein richtiger Name! Eigentlich heiße ich Hemor", hörte sich Hermann zu seinem eigenen Erstaunen sagen. „Hemor Lewek. Bin in Warschau geboren, in Wola – im Warschauer Ghetto."

Kevin stoppte das Kaugummikauen.

„Ach du Schande! – Da hab ick ja 'n Volltreffer jelandet, ausgerechnet zu dir muss ick mir setzen. Ick hol uns erst mal 'ne Molle aus dem Speisewagen."

Noch bevor Hermann protestieren konnte, war Kevin aufgesprungen und kam kurze Zeit später mit zwei Flaschen Bier zurück. Er drückte ihm eine in die Hand und stieß seine dagegen:

„Prost, Alter, äh sorry, Hermann!"

Hermann nahm einen kleinen Schluck aus der Flasche. Eigentlich trank er keinen Alkohol, aber er wollte den Jungen, der mit so einer unbekümmerten Offenheit auf ihn zuging – wenn auch ziemlich ungehobelt – nicht vor den Kopf stoßen. Er zog ihn in etwas hinein, was ihm fremd war. Und dann diese dunkelbraunen Augen, die mitten in sein Herz drangen.

„Wie war 'n dit im Ghetto?"

„Ich dachte, du hast keine Lust auf sowas?"

„Hab ick och nich, aber ejal - erzähl ma!"

„Ich muss dich enttäuschen, ich erinnere mich nicht. Ich war zwei Jahre alt, als sie mich aus dem Ghetto geschmuggelt haben, hat man mir erzählt. Danach kam ich bei polnischen Familien unter. Wurde rumgereicht, damit es nicht so auffällt, dass plötzlich ein Kind mehr da ist. Später kam ich

22

dann ins Waisenhaus und von da nach Deutschland in eine neue Familie, die mich aufnahm."

„Und deine Alten?"

„Sie konnten nicht raus aus dem Ghetto. Ich kenne meine Eltern nicht."

„Krass! Aber lass mal, och mit Eltern ist dit manchmal richtig schlimm."

„Ich hätte gerne eine Familie gehabt."

„Aber bestimmt nich so'ne wie meine Alten. Interessieren sich 'n Scheiß für mich. Hocken nur in der Kneipe und saufen sich die Birne voll."

Hermann schwieg. Er wusste nicht, was er darauf sagen sollte.

Kevin trank sein restliches Bier in einem Zug und warf die leere Bierflasche in den blechernen Abfallbehälter. Es schepperte laut. Hermann zuckte zusammen. Dann war es still.

Sie schauten beide eine Weile schweigend aus dem Fenster, in dem sich ihre Gesichter spiegelten. Kevins Augen hatten auch etwas Trauriges, fand Hermann.

„Willst ma nich doch wat vom *Steppenwolf* erzählen?"

„Nächster Halt: Warszawa Centralna."

Kevin sprang auf: „Da sind wa – dann wer ick mir mal deine alte Heimat ankieken - mach's jut, Alter – man sieht sich und lass dir nich unterkriegen!" Und dann verschwand er wieder.

Heimat! Was für ein befremdliches Wort. Dieser Junge hatte wirklich keine Ahnung!

Hermann hatte sein Brot nicht angerührt. Er packte es zusammen mit dem *Steppenwolf* in den Koffer zurück. „Ich hätte ihm das Buch schenken sollen", dachte er.

Und wieder stand er auf dem Warschauer Bahnhof – nach so vielen Jahren! Suchend schaute er sich in der Menschenmenge um. Sein Blick traf sich mit dem eines älteren Herrn mit schütterem, schlohweißem Haar. Etwas gebeugt stand er da und Hermann wusste sofort, dass es Olek war, der kleine Olek, dessen Hand er nie loslassen wollte. Dieser Blick aus diesen dunkelbraunen, fast schwarzen Augen!

Elmsfeuer

Eigentlich sollte diese Geschichte mit einem gemütlich brennenden Feuer im Kamin beginnen, aber Stian schaffte es nicht, das Feuer in Gang zu bringen. Er kniete vor der offenen Tür des Ofens, schichtete die Holzscheite übereinander, knüllte Zeitungspapier zu einer festen Kugel und stopfte sie zwischen das Holz. Er riss ein Streichholz an und hielt es an drei verschiedene Stellen des Papierknäuels, bis gelbe Flammen emporzüngelten. Dann schloss er die Glastür des Kamins.

„Das sollte doch reichen", dachte er beim ersten Mal zufrieden und setzte sich in den breiten, von vielen Feriengästen schon durchgesessenen Kunstledersessel des dänischen Ferienhauses.

Aber das Feuer sprang nicht auf das Holz über. Die Funken verglühten, sobald sie auf die Rinde der dicken Holzscheite trafen. Nach dem dritten Versuch gab Stian auf.

Er seufzte. Er würde wohl in den Ort fahren und irgendwo etwas zum Anfeuern besorgen müssen. Gesagt, getan. In der Stadt vor dem Supermarkt stand eine Tafel mit einer Karte der Umgebung. Am Stadtrand war ein großes Waldgebiet mit Wanderwegen eingezeichnet. In einer Stunde würde es dämmrig werden, dann konnte er immer noch einkaufen. Nach der langen Autofahrt von Deutschland bis in den Norden Dänemarks sollte er sich vielleicht doch ein wenig die Beine vertreten.

Er fuhr zum nächstgelegenen Waldparkplatz, stellte das Auto ab und stieg aus. Der Parkplatz lag an einem kleinen Waldsee, auf dem sich eine dünne Eisschicht gebildet hatte. Es war windstill, die Luft roch ganz leicht nach Tannengrün.

Am gegenüberliegenden Seeufer verdeckte eine Reihe hoher, dunkler Nadelbäume die Sicht. Das war schon mal ein schöner Ausgangspunkt für seinen Spaziergang, fand er. Wenn man Stian gefragt hätte, hätte er sich als Stadtmenschen bezeichnet. Er hatte einen guten Job in einer Softwarefirma, wo er ein kleines Team von fünf Mitarbeitern leitete. Er verdiente nicht schlecht und genoss den Komfort seiner modernen Wohnung direkt in der Innenstadt. Er joggte manchmal im Park, war aber schon lange nicht mehr absichtslos durch die Landschaft gelaufen.

Er dachte an seine Freundin. 'Ex-Freundin', korrigierte er sich selbst. Sie hatte sich gerade von ihm getrennt, weil es sie störte, dass er sich auch nach Feierabend mit den Software-Problemen seiner Firma beschäftigte. Sie fand ihn zu schweigsam, zurückhaltend, nicht greifbar. Sie hatte ihm vorgeworfen, dass er sich nur auf seine Arbeit einlasse und nichts wirklich zu ihm durchdringe, dass sie mit ihm keine Zukunft planen könne. Dabei hatte er diesen Urlaub mit ihr zusammen verbringen wollen. Das war doch ein gemeinsamer Plan.

Die kleinen Steinchen auf dem breiten Sandweg im Wald knirschten unter seinen Füßen. Die Hände hatte er wegen der Kälte in die Jackentaschen gesteckt. Beim Ausatmen bildeten sich Nebelwölkchen vor seinem Mund. Es tat gut, die frische Luft an der Haut zu spüren. Stian genoss die Bewegung.

Der Wald um ihn herum veränderte sich. Eichen und Buchen mischten sich unter die Nadelbäume. Der Weg wurde schmaler. Unter den kahlen Ästen der hohen Buchen erhob sich ein mächtiger, langgestreckter Hügel. Es war ein Hünengrab. Stian trat durch das welke, braune Laub und

26

kletterte auf die alte Grabstätte. Von hier oben konnte man einen Teil des Waldes überblicken. Der Weg wurde immer schmaler und führte ziemlich steil bergan. Er entdeckte einzelne Feldsteine, deren Oberflächen aus dem Laub ragten. Ihm war, als berge der Wald alte Geheimnisse. Bedstefar, seinem dänischen Großvater, hätte es hier gefallen, da war er sicher.

Er stieg vom Hünengrab herunter. Das Laub raschelte unter seinen Füßen und er hatte den Eindruck, als flüsterte es bei jedem Schritt. Die Feldsteine am Erdboden lagen in einer Reihe. Einige waren von einem dunkelgrünen Moosteppich bewachsen, die anderen kahl und grau. Die Steine liefen auf einen Steinkreis zu, der versteckt hinter einem Hügel unter den Bäumen lag.

Von Großvater wusste er, dass solche Steinreihen so angelegt waren, dass das Licht zur Zeit der Sonnenwende direkt auf die Steine fiel. Damit wurde der Weg zum Steinkreis erleuchtet.

Welche Rituale mochten die Alten hier vollzogen haben? Stian wurde fast ein wenig unheimlich. Solche Stätten waren heilig, denn sie lagen in der Nähe von Kraftorten, die schon zu Anbeginn der Zeit von Magie erfüllt waren.

Er folgte dem Sandpfad bis zum Ende. Vor ihm öffnete sich eine Waldlichtung, die von merkwürdig verbogen gewachsenen, eher niedrigen Buchen begrenzt wurde. Am Waldboden lagen umgestürzte Bäume wie gefällte Riesen, die kahlen, dunklen Äste gespenstisch nach oben gereckt. Es herrschte vollkommene Stille, kein Vogelzwitschern, kein Blätterrascheln, nicht einmal ein Windhauch. Stian hielt die Luft an. Was war das für ein Ort?

27

Er traute sich kaum einen Fuß vor den anderen zu setzen. Der Wald endete hier. Hinter den letzten Bäumen fiel der Boden in einer schroffen Kante mehrere Meter nach unten ab und lief in ein weites Tal aus, durch das sich eine Au schlängelte. Stian ging vorsichtig und leise bis zur Steilkante. Die knorrig verwachsenen Bäume: Waren das nicht verwunschene Trolle, die ein alter Zauber in dieser Gestalt gebannt hatte?

Er blickte zwischen den Trollbäumen hindurch auf die Niederung. Über dem vertrockneten Schilf zogen Nebelschwaden herauf. Silbriger, unwirklicher Nebel, der in der Winterabenddämmerung schimmerte. Er meinte sogar, hier und da einen flackernden, bläulichen Schein im Nebelmeer wahrnehmen zu können.

Was für ein mystischer Ort. Immer noch vollkommene Stille. Etwas ist hier. Ein kleiner Elf, der an meinem Schnürsenkel zieht? Zwerge in den Erdlöchern unter den Baumwurzeln? So still und doch voll von Geschichten.

Stian wurde bewusst, dass er immer noch die Luft anhielt. Er atmete aus und ließ dann die kalte Waldluft tief in seine Lunge strömen.

Die Stille machte einer unbestimmten Unruhe Platz. Stian lauschte. Geräusche drangen an sein Ohr. Trampeln und Scharren im Laub, Stimmen, Gesprächsfetzen. Eine Gruppe von Menschen näherte sich.

Eine klare, ruhige Frauenstimme:

„...frischer Buchenwald auf Kalkgestein. Das Waldgebiet hier ist bekannt für seine Vielzahl an Quellen. An den Hängen des Autales strömt, sprudelt und springt kalkhaltiges Wasser aus dem Boden und speist die verschiedenen Quellen. Sie gehören zu den größten Europas und sind als Kalkquellen ökologisch besonders wertvoll…"

„Eine geführte Exkursion für Touristen", dachte Stian. „Und das im Januar. Schade, jetzt ist es vorbei mit der Stille."

Die Gruppe kam näher. Es waren sechs Männer und Frauen und die Exkursionsleiterin. Stian bewegte sich aus dem Schatten des Baumes, unter dem er gestanden hatte, damit die Teilnehmer der Führung sich nicht erschreckten, wenn sie zu ihm an den Rand des Steilhangs kamen und ihn erst in letzter Minute entdeckten.

Die Leiterin der Gruppe war gut einen Kopf größer als die anderen. Ihre langen Beine steckten in schwarzen Gummistiefeln, und sie bewegte sich auf dem unebenen Waldboden so sicher, als sei sie hier zu Hause. Sie wandte sich Stian zu.

„So klar und ruhig wie ihre Stimme ist auch ihr Gesicht", dachte er. Den Bruchteil einer Sekunde lang meinte er, ein winziges Flattern in ihren großen Augen gesehen zu haben. Ein Anheben der rechten Augenbraue, nur kurz, wie eine Frage, eine ganz leichte Unsicherheit. Dann war der Moment vorbei. Sie nickte ihm zu, als sei es nicht erstaunlich, dass er mitten im Winter in einem abgelegenen Wald allein unter einem Baum stand.

Warum war sie nicht überrascht? Hatte sie ihn etwa erwartet? Oder ließ sie sich nur einfach nicht so schnell aus der Ruhe bringen? Das leichte Neigen des Kopfes, als hätte sie einen alten Bekannten gegrüßt. Hatte er sie schon einmal getroffen?

Ihre braunen Haare waren kurz geschnitten, reichten nicht einmal bis zum Kinn. Trotz ihrer Größe, der sportlichen Figur und der kurzen Haare würde man sie nicht einmal beim ersten Anblick für einen Mann halten. So eine Frau konnte man nie wieder vergessen.

Stian blieb stehen und hörte ihr zu. Es ging um die eiszeitliche Entstehung des Autales und der angrenzenden Hügel. Ein Mann, dessen Bauch sich als deutliche Kugel unter der teuren Outdoor-Jacke abzeichnete, unterbrach ihre Ausführungen:

„Entschuldigen Sie, Alexandra, ich würde gern wissen, ob es nicht auch interessante Geschichten zu diesem Wald gibt und ob Sie mal daran gedacht haben, die Führungen auch für Kinder und Jugendliche attraktiver zu gestalten, indem man Handys und Social-Media-Networks einsetzt? Man könnte die Kids an verschiedenen Stellen Selfies vor besonderen Highlights machen lassen und die Bilder dann bei Facebook posten. Das macht den Ort attraktiver. Im Sommer könnte man ein Camp aufbauen, die Jugendlichen hier Gespenstermärchen erfinden und filmen lassen, sie zusammenschneiden und den Eltern vorführen. Das wäre ein echtes Erlebnis für die Familien. Damit würde man den touristischen Wert dieser Ecke hier deutlich steigern. Gibt es hier denn ein eigenes Waldgespenst?"

Stian wurde trotz der Winterkälte heiß. Von den Füßen stieg die Wärme bis in den Bauchraum auf. *Ärger. Ich bin ärgerlich auf den Kerl, weil der mit seinen Vorschlägen Alexandra kritisiert.*

„Nein, ein Gespenst gibt es nicht", hörte Stian sich zu seiner eigenen Verwunderung sagen. „Hier leben nur Elfen und Trolle."

Er sah, dass Alexandra ein Schmunzeln unterdrückte. Dann sagte sie mit ihrer klaren Stimme:

30

„Seien Sie unbesorgt. Es gibt hier viele Zeltlager für Kinder und Jugendliche. Für diese Zielgruppe haben wir Einiges anzubieten."

Jetzt lächelte Alexandra, und Stian sah wie ein blitzender Schalk aus ihrem Augenwinkel schoss. „Vielleicht möchten Sie ein Wildnis-Überlebenscamp einrichten, eine Woche ohne Strom und digitale Medien für Erwachsene. Das gibt es noch nicht. Sie könnten die neue Attraktion als erster Teilnehmer testen."

„Nein, nein, das meinte ich nicht", entgegnete der Mann unverdrossen. „Ich wollte Ihnen eigentlich nur ein paar Vorschläge machen, wie Sie das Gebiet hier touristisch besser erschließen können. Ich leite nämlich eine bekannte Eventagentur, ich verstehe mich darauf, Veranstaltungen zu organisieren und abgelegene Gebiete touristisch in Wert zu setzen, um die Highlights einer Region möglichst vielen Menschen auch online zugänglich zu machen. Ich meine, man muss ja mal überlegen, wie viele Touristen im Jahr so über Exkursionen durch den Wald geführt werden können. Und was es die Tourismusagentur kostet, die Führungen zu organisieren. Also, ich meine, man könnte doch sicher eine Menge Geld sparen, wenn man im Wald an den wichtigsten Stellen Infopoints einrichtet und die Besucher sich den Text der Führung per Smartphone-App abrufen können. Dann bräuchte man sich nicht an feste Zeiten halten und jeder interessierte Gast könnte jederzeit eine Wanderung auch ohne Führer machen. Das würde das Potenzial des Gebietes touristisch in Wert setzen und viel mehr Gästen ein Erlebnis in der freien Natur ermöglichen. Damit kommt ein Waldspaziergang auch bei den Jugendlichen an..."

„Vielen Dank für Ihre Vorschläge", sagte Alexandra ruhig.

„Wenden Sie sich doch einfach an die Mitarbeiter der Touristinfo. Ich kann Ihnen in dieser Sache leider nicht weiterhelfen, denn ich habe da gar keine Entscheidungsbefugnis."

Stian war beeindruckt. Wie schaffte Alexandra das, solchen Typen gegenüber ruhig zu bleiben? Der Kerl hatte ihre Führung unterbrochen, ihre Arbeit als Leiterin der Wandergruppe vor allen anderen als verzichtbar dargestellt, den Erlebnischarakter der Führung mit ihr als realer Person in Frage gestellt und damit sowohl sie als auch ihre Arbeit niedergemacht.

„Trotzdem", dachte Stian. „Sie hält sich vollkommen gerade. Das Lächeln in ihrem Gesicht, eher mitleidig. Sie fühlt sich gar nicht angegriffen. Muss sie auch nicht. Das weiß sie."

Alexandra setzte ihre Erläuterungen fort, als sei nichts gewesen. Nüchtern und klar berichtete sie vom Rückgang des Eises und der Besiedlung des Landes durch die Hügelgräberleute, die noch vor dem Einzug der Germanen hier gelebt hatten. Sie sprach von den naturräumlichen Besonderheiten der Wälder auf kalkreichen Böden mit ihrer einzigartigen Flora und Fauna.

Und dann wurde die kleine Gruppe durch das schrille Klingeln eines elektronischen Gerätes aufgeschreckt. Der dickliche Mann zog sein Handy aus der Jackentasche und sprach mit lauter Stimme in sein großes I-Phone:

„Hallo, guten Tag Herr Dr. Sendlinger. Ja, die Termine sind abgestimmt. Sie müssen nur noch den Auftrag bestätigen. Nein, keine Sorge, das wird keine trockene Veranstaltung mit Zahlen und Fakten. Nein, ein richtiges Erlebnis. Abenteuer garantiert. Klar, Achterbahngefühl in 3D, da laufen die Handys heiß, wird alles sofort weitergetwittert, wird keiner je vergessen…"

Stian konnte es nicht fassen. Der Kerl drehte sich nicht mal um, senkte die Stimme nicht, redete einfach weiter. Die anderen Gäste wurden unruhig. Die Unterhaltung übertönte Alexandras Erklärungen. Die Gruppe hörte nicht mehr richtig zu, war nicht mehr mit voller Aufmerksamkeit dabei. Zum ersten Mal schien auch Alexandra leicht irritiert. Sie sprach zwar weiter, sah dabei aber selbst hin und wieder zu dem Mann hinüber, der die Angebote seiner Firma lautstark anpries.

Sieht aus, als könne sie nicht glauben, dass einer hier draußen auf den Bildschirm seines Handys starrt und telefoniert, statt den Anblick der verwunschenen Bäume und der urtümlichen Landschaft zu genießen. Ist sie doch ein bisschen unsicher, ob ihre Führung zu sachlich, zu informativ war?

Stian sah sie an, ein kurzer Blick, eine Anfrage. Er verstand sie vollkommen und reagierte mit einer stummen Gegenfrage. Er war sich sicher, dass sie nickte. Ein so wortloses Einverständnis hatte er nie zuvor gespürt und das bei einer vollkommen Fremden.

Später fragte er sich oft, woher er die Sicherheit, den Mut genommen hatte, wie er überhaupt auf die Idee gekommen war, in diesem Moment so zu handeln.

Er spürte einen Druck auf der Brust, in seinen Adern kribbelte es und der Herzschlag beschleunigte sich. Er musste den Druck lösen, aufbrechen, was seine Lunge zusammenzupressen schien.

Das alles dauerte wenige Sekunden. Dann hatte er sich entschieden und danach lief alles wie von selbst. Er dachte nicht, er plante nicht, er ließ alles laufen, überließ sich selbst der Regie des Gefühls, folgte dem Willen seines Körpers.

Er atmete tief ein und legte seine gesammelte Kraft auf Kehlkopf und Stimmbänder:

„Da drüben", schrie er.

„Da, über dem Sumpf!" Er deutete mit ausgestrecktem Arm auf das Autal, das die Exkursionsteilnehmer zwischen den Bäumen erkennen konnten.

Alle Köpfe drehten sich in die Richtung, in die sein Arm wies. Auch Alexandra wandte den Kopf. Nur der Eventmanager behielt sein Handy am Ohr, hörte jedoch auf zu sprechen.

„Sehen Sie! Da leuchtet ein Elmsfeuer", rief Stian, schon etwas leiser werdend.

Jetzt hatte er die volle Aufmerksamkeit der Gruppe. Er hoffte inständig, dass noch ein letzter Schimmer des bläulichen Lichtes zu erahnen wäre, das er vorhin im Nebel gesehen hatte. Das Licht musste an der Spitze eines Metallstabes zur Wasserstandsmessung geflackert haben, der jetzt im Nebel versunken war. Stian wurde noch leiser:

„Sehen Sie, da unten im Tal, wo der Nebel sich auf das Moor senkt, da flackert ein bläuliches Licht, als würde es über dem Nebel tanzen. Das ist ein Elmsfeuer!"

Alexandra sah ihn staunend an, schien in seinem Gesicht nach einer Erklärung zu suchen. Schneller, als er erwartet hatte, nahm sie den Ball auf und sagte zu den Exkursionsteilnehmern:

„Sie müssen jetzt alle so still wie möglich sein. Keine Gespräche, keine Geräusche bitte! Schalten Sie Kameras und Handys aus, denn das mögen die kleinen Leute nicht." Die letzten Worte hatte sie geflüstert.

Stian dämpfte seine Stimme, bis sie nur noch als dumpfes Raunen zu hören war und alle in Schweigen erstarrten, damit sie ihn verstehen konnten.

„Nur sehr selten und nur an uralten Orten kann man einen solchen flackernden Feuerschein zwischen den Steinen einer alten Grabanlage leuchten sehen. Es ist ein Licht, das aus den tiefsten Tiefen der Erde kommt. Hier, wo vor tausenden von Jahren schon bedeutende Fürsten und Herrscher begraben wurden, scheinen solche Lichter zu besonderen Zeiten in den Hügelgräbern, denn hier lebt das Alte Volk. Sie haben vorhin alle gespürt, dass etwas nicht stimmte. Ich habe gesehen, dass Sie" – und er deutete auf eine zartgliedrige Frau mit dünnen, blonden Haaren – „sich erschrocken haben, weil etwas sie an der Wange gestreift hat."

Die Frau nickte stumm.

„Und Sie" - er zeigte auf einen älteren Herren – „sind beinahe gestürzt, weil Ihr Fuß an etwas hängengeblieben ist. Sie dachten, es sei eine Baumwurzel gewesen."

Der Mann wurde blass.

Stian wandte sich wieder an die ganze Gruppe.

„Sie fühlten sich beobachtet. Man erzählt sich, dass an dieser Stelle des Waldes, hier bei den Hügelgräbern, seit jeher die Unterirdischen hausen. Unsere Vorfahren haben daran nicht gezweifelt. Sie konnten sich mit diesen alten Energien verbinden und kamen hierher, um in die Atmosphäre des Ortes einzutauchen und zu hören, was die Unterirdischen zu sagen hatten. Manchmal kamen sie auch nur, um den Elfen beim Tanzen zuzusehen, sich an ihrer Musik, ihrer Anmut und ihrem Licht zu erfreuen. Gefährlich wurde es, wenn sich in den Menschen der Wunsch regte, in die Erde hinabzusteigen und mit den Unterirdischen zu feiern. Da, sehen Sie, das Licht flackert wie eine Einladung.

Wenn ein Wanderer am Abend seinen Weg durch den Wald nicht mehr fand, war er dankbar, ein Licht zu sehen, auch wenn der bläuliche Schein ein wenig unheimlich ist. Wer dann bei den Unterirdischen einkehrte, mit ihnen tanzte und feierte, verlor jedes Zeitgefühl. Die Elfen mit ihrem Gesang und ihrer lieblichen Erscheinung ließen den arglosen Wanderer alles vergessen und die meisten, die den Unterirdischen gefolgt sind, hat nie wieder ein Mensch gesehen. Die Wenigen, die aus dem Feenreich zurückgekehrt sind, waren danach nicht mehr dieselben und blieben bis an ihr Lebensende irgendwie entrückt, fanden keinen Zugang mehr zur Welt und anderen Menschen."

Die Exkursionsgruppe stand immer noch wie gebannt vor ihm. Der Eventmanager hatte aufgehört zu telefonieren. Stian sah zu Alexandra hinüber. Sie lenkte seinen Blick unbemerkt von den anderen auf einen großen, bemoosten Stein am Rand der Gruppe. Etwas metallisch-Graues glitzerte im Moos. *Blinkte da die silberne Kappe eines Zwergs oder was konnte es sonst sein?*

In der Stille war ein schwaches Geräusch zu vernehmen. Es kam aus Richtung Nordwesten.

„Hören Sie das leise Rauschen?", fragte Alexandra. „Ein bisschen klingt es wie Gurgeln und Gluckern. Folgen Sie mir in die Richtung, aus der der Ton kommt. Dann werden wir zu einer der sagenumwobenen Quellen in diesem Wald gelangen."

„Komm mit!", sagte sie zu Stian. „Erzähl das Märchen von den Quellfrauen, wenn wir da sind. Das wird den Leuten gefallen."

Ich glaube es einfach nicht, dass ich vor vollkommen fremden Menschen Märchen erzähle. Das ist doch gar nicht mein Ding. Und jetzt sind die Worte einfach da, die Geschichten strömen aus mir heraus, als hätte ich immer schon Märchen erzählt. Und ich kenne sie alle, die Sagen und Mythen von Elfen und Zauberern, von Drachen und Zwergen und von der großen Anziehungskraft der Wassergeister und Quellfrauen, die vor allem Männer betören können, bis ihnen die Sinne schwinden. All die Märchen und Legenden, die Großvater mir in den Sommern unter den Sternen am Fjord erzählt hat. Wie konnte ich die Geschichten nur so lange vergessen?

Einfach so

Es war Mitte August, aber das genaue Datum war mir entfallen. Die heiße Augustsonne, die noch immer auf meiner Haut glühte, verschwand gerade im schönsten Abendrot hinter der Kuhweide von Bauer Knudsen - an derselben Stelle wie gestern und vorgestern.
Die Natur läutete den Abend ein, aber ich hatte trotzdem keine Ahnung, wie spät genau es wirklich war. Und wenn ich es recht überlegte, fiel mir auch kein Grund ein, es gerade jetzt herausfinden zu müssen. Es gab keine einzige Uhr in deinem kleinen Haus, keinen vollgekritzelten Familienplaner an der Wand, kein Telefon, keinen Fernseher. Nur ein kleines Radio in deiner Küche und die Zeit floss ruhig und gleichmäßig dahin in einem anderen, mir unbekannten Rhythmus.
Mein rasendes Herz und meine chaotische Gedankenwelt gerieten ins Stolpern, suchten diesen neuen Rhythmus einzufangen, um mitzufließen. Alles, was in den letzten Jahren im Eiltempo an mir vorbeigerauscht war, wie ein viel zu schnell abgespielter Film, floss mit einem Mal ganz langsam durch meinen Geist, sodass ich die Bilder in Ruhe betrachten konnte, aber das, was ich sah, beruhigte mich nicht.
Irgendwann hatte ich Walter geheiratet. Mal eben schnell zum Standesamt. Das ganze Hochzeitsgedöns eingespart, weil Julchen unterwegs war. Wir brauchten schnell eine richtige Familie. Ich hatte keine Zeit, darüber nachzudenken, ob das so stimmte.
Während Julchen in meinem Bauch heranwuchs, plante ich die Zeit nach ihrer Geburt und als sie schon auf wackligen

Beinen durch unser Haus tapste, war ich schon wieder so sehr damit beschäftigt, Tage und Nächte so einzuteilen, dass Kind, Beruf und der nicht enden wollende Haushalt hineinpassten.

Ich merkte gar nicht, dass Julchen mit ihren kleinen Kinderbeinen nicht hinterherkam. Ich eilte voran und sie brauchte Zeit zum Wachsen.

Ganz nebenbei hielt ich Walter den Rücken frei und beugte meinen eigenen, damit die Last zu tragen war und damit wenigstens er in Ruhe arbeiten und leben konnte. Ich liebte es, ständig in Bewegung zu sein, ich hatte alles im Griff: Ich war stolzer Profi im Multitasking und war glücklich damit, bis zwei Jahre später Timmy geboren wurde und die Last auf meinen Schultern zu schmerzen begann.

Ich saß auf deiner kleinen, selbst gebauten Holzbank vor dem Haus und genoss die abgekühlte, sommerliche Abendluft. Ich war erschöpft, aber es fühlte sich anders an als sonst - merkwürdig zufrieden. Unter meinen sonst so akkuraten Fingernägeln klebte noch der schwarze Moorboden. Wir hatten Kartoffeln geerntet und Bohnen gepflückt. Viel mehr war heute nicht passiert.

Ich musste hier nichts, aber ich konnte.

Drinnen bullerte der alte Badeofen, um Badewasser anzuheizen. Ich sah dich von draußen durch das erleuchtete kleine Küchenfenster. Ich fand dich immer noch sehr attraktiv. Du warst mit dem Abendessen beschäftigt, für uns und deinen kleinen Kater Karlo, der regelmäßig jeden Abend kurz nach Sonnenuntergang von seinem Streifzug aus dem Wald zurückkehrte, sein Futter verlangte und deine Nähe suchte - nur für eine kurze Weile.

Ihr hattet eine zwanglose Abmachung, jeden Abend und ihr wart Freunde, einfach so. Das berührte mich.

Einfach so warst du damals auch im „Limeri", meinem griechischen Stammlokal, aufgetaucht und hattest mich völlig aus der Bahn geworfen. Es hatte geknistert zwischen uns, mehr als mir lieb war. Ich war gerade mit Walter zusammengezogen und verbrachte fortan viel Zeit mit dir und damit herauszufinden, ob das so richtig war.
„Du musst dich entscheiden", hattest du damals gesagt: „Sekt oder Selters, schöne Frau! Aber egal, wie du dich entscheiden wirst, ich bin immer für dich da!"
Und ich nahm die Selters und wir blieben gute Freunde – einfach so.
Nun saß ich hier bei dir, zwanzig Jahre später, vor deinem kleinen Haus, in dem es nie einen Partner gab und keine Familie, nur einen kleinen, schwarzen Kater und einen riesengroßen, wunderschönen Garten. Ich war zu dir geflüchtet - vor der Stadt, vor den Leuten, die mich dort umgaben, vor meiner Familie und vor meinem Leben, das sich fein säuberlich über all die Jahre Stück für Stück um mich herum aufgetürmt hatte, Steinchen für Steinchen, Mauer um Mauer, ziemlich hoch und der Raum zwischen den Mauern viel zu eng.
Ich hatte meine Familie verlassen, nur kurz und nicht für immer – war aber sehr weit weg.
Auf meiner rasanten Talfahrt zwischen Beruf, Haushalt, Mann und Kindern, viel zu kurzen Nächten und vollgepackten Tagen war ich plötzlich aus dem fahrenden Zug gesprungen und ins Bodenlose gestürzt. Ich hatte

verlernt, wie man bremst und so sprang ich einfach, Hals über Kopf und etwas wurde ich auch geschubst.

„Ich will nicht so enden wie du!", hatte mir meine 17-jährige Tochter vor zwei Wochen wütend entgegengeschleudert, als sie mir eröffnete, dass sie ihre Lehre schmeißen und in die WG ziehen werde, in der sie seit Monaten ohnehin schon mehr zu Hause war als bei uns. „Vielleicht studieren? Vielleicht was ganz anderes machen? Keinen Plan! Keine Zwänge! Ich brauche Zeit Mama!"

Wir waren Spießer in ihren Augen und ich, der Dreh- und Angelpunkt, der Packesel, das Zugpferd an der Spitze der Familie, am allermeisten. Ich war fassungslos! Wieso „enden" dachte ich immer und immer wieder in meinen darauffolgenden schlaflosen Nächten. Wieso dachte Jule, dass ich schon „zu Ende bin?". Ich war doch erst 45 und – so bildete ich mir ein - noch längst nicht am Ende!

Vierhundert Kilometer entfernt von allem, mitten in Einsamkeit und Natur, hier bei Dir, hatte ich viel Zeit! Zeit, die ich seit Jahren nicht mehr gehabt hatte! Zeit, die ich nicht mit der Uhr und nicht mit einem Terminplaner messen musste. Zeit zum Nachdenken, Zeit, um mich selbst wiederzufinden, aber ich wusste gar nicht mehr, wonach ich suchen sollte. Vielleicht hatte Jule Recht?

Aus der Küche klang vertraute Musik zu mir herüber. Du hattest das Radio angestellt. Musik aus einer ganz anderen Zeit.

„Roxy Music" spielte zufällig gerade jetzt, einfach so und ich sehnte mich plötzlich nach unseren überfüllten, verqualmten Studentenkneipen, in denen kaum noch Durchblick möglich war. Ich dachte an die weißen Papiertischdeckchen auf den

Holztischen, die wir bis zum Ende der Nacht in tausend kleine Schnipselchen verarbeitet hatten, weil uns unsere Diskussionen über den Sinn des Lebens so aufregten. Vielleicht noch den vierten Tee oder doch noch ein Glas Wein hinunterkippen und die zwanzigste Zigarette qualmen, während ich dich fast anschreien musste, inmitten dieser lebendigen Welt, um Dir meine Probleme verständlich zu machen. Doch manchmal reichten nur Blicke.

Unzählige Nächte vergingen und so viel wurde gesagt, aber wie viele Taten folgten daraus?

Was hatte es genutzt, im Morgengrauen nach Hause zu kommen voll von Gefühlen, Gesprächen und Erkenntnissen? Die Musik unserer Generation hat uns wohl berauscht, unsere Worte, unser Lachen und das Wissen um die vermeintlich viele Zeit, die noch vor uns lag.

Und dann dachte ich an die Morgen danach, die immer so kalt und grau waren, diese ekelhaft verrauchte, heisere Stimmung am Sonntagmorgen, wenn alle anderen an ihren hübsch gedeckten Frühstückstischen saßen und wir erst ins Bett gingen - du in deins und ich in Walters. Sie hatten alle brav in ihren sauberen Betten gelegen und haben einfach gepennt, während wir in der Nacht da draußen saßen und so unendlich viel zu sagen hatten - über diese Welt.

Und jetzt sitzen wieder welche da draußen, schlagen sich Nächte, Zigaretten und Wein um die Ohren auf der Suche nach Antworten, Erkenntnissen, auf der Suche nach etwas Besserem und ich gehe einfach pennen, weil ich müde geworden bin.

Und jetzt decke ich jeden verdammten Sonntag den immer gleichen Frühstückstisch, an dem wir uns sprachlos gegenübersitzen und will nichts davon hören, was die da draußen in der Nacht zu sagen haben.

Und wieder schließt sich ein Kreis. Ein Kreis, der mir Angst macht und ein Ablauf, der einfach geschieht, weil ich es geschehen lasse. Ich habe keine Lösung gefunden und doch die Tür hinter mir ganz leise zugemacht.

Du kamst aus der Küche zu mir auf die Bank.

„Dein Badewasser ist fertig, schöne Frau! Lass dir Zeit, das Essen kann warten, aber schwimm nicht zu weit raus!"

Die Stimme von Bryan Ferry war längst verklungen, als ich in der Wanne saß. Kater Karlo war mir in die warme Badestube gefolgt. Er lag vor dem glühenden, kupferfarbenen Badeofen und sah zu, wie ich mir mit der Nagelbürste die schwarze Moor-Erde aus den Fingernägeln schrubbte.

Plötzlich, als wäre ihm just irgendetwas in den Sinn gekommen, sprang er auf, hüpfte mit einem eleganten Satz auf die Fensterbank, schlüpfte durch das halb geöffnete Fenster und verschwand in der Dunkelheit.

Einfach so - nur kurz – nicht für immer.

43

MOMENTAUFNAHMEN

An manchen Tagen gehst du vor die Tür und alles ist anders als sonst.
Der kleine Vorstadtbahnhof wird zur Heldenbühne, die Warteschlange am Fahrkarten-Automaten zur Menschenstudie. Eine banale Mittagspause in der Hitze der Großstadt führt zum peinlichen Versagen. Die wartende Frau auf einer Brücke und eine kleine Familie auf dem Weg ins Strandbad entlocken dir Gedankenströme, schicken dich auf eine Zeitreise an die Grenze zwischen Ost und West, zwischen Schwarz und Weiß, zwischen „Milljöh" und „feiner Gesellschaft".

Es sind diese besonderen Tage, an denen du im Vorbeigehen andere Menschen wahrnimmst, ein paar Wortfetzen aufschnappst, andere Wege einschlägst, die Richtung wechselst, den Riss im Alltagseinerlei entdeckst.

Geschichten entstehen aus Momentaufnahmen, neue Bilder tauchen auf am Meer, im Cafè, oder in den Straßen einer Großstadt, eben überall dort, wo du genauer hinschaust aus einer ganz anderen Ecke des Raums…

Aufbruch in die Mittagspause

„Kill Bill" oder „Avatar"? „Leon, der Profi" oder „Der Pate"?

Kein Kino-Programm, was ich da lese, keine Retro-Nacht der Filme im Freiluftkino an einem lauen Sommerabend irgendwo auf einem ausgedienten Fabrikhinterhof im Szeneviertel der Stadt. Dann wüsste ich schon.

Aber hier weiß ich nichts und es ist auch kein lauer Sommerabend, sondern „High Noon". Die Stadt schlägt sich den Bauch voll. Lunchtime heißt das wohl heute!

Hilft mir nicht viel, dass ich all die Filme kenne, die da auf der schwarzen Tafel in weißer Kreide angeschrieben sind, in diesem abgedunkelten Laden mit lauter Musik, vollgestopft mit hippen jungen Leuten, die auf abgewetzten Holzbänken hocken, eisgekühlte Fritz-Cola oder Bionade vor sich hin schlürfen und Burger mampfen.

Ich stehe vor der schwarzen Tafel an der Wand, ähnlich ratlos wie früher an der Schultafel, die Kreide in der zittrigen Hand, Angstschweiß auf der Stirn und im Rücken die Klassenkameraden und den Lehrer. Chemieformeln an die Tafel schreiben: Natrium und Sauerstoff bilden Natriumoxid! Formel? Peinliches Versagen! Brauchte ich das irgendwann?

Hier jedenfalls nicht. Hier soll ich wissen, wie „Kill Bill" schmeckt oder „Avatar". Hat mir keiner beigebracht.

Welche Vision habe ich von „Avatar"? Aufbruch nach Pandora in einem künstlich hergestellten Körper – ja, würde ich gerne – sofort – die Ressourcen unserer Welt sind schon lange knapp. Aber was heißt das für den Burger?

Künstlich hergestellter Körper!?

Und „Kill Bill"? Schwerterkampf, Rachemorde – wem schmeckt das denn? Mir nicht!

Oder „Leon der Profi", ein Auftragskiller – einsamer Kauz. Sein einziger Freund eine Topfpflanze ohne Wurzeln, bis die kleine Mathilda kommt. „Hier wird es uns gut gehen, Leon", so endete der Film – nicht wirklich ein Happy End! Entwurzelung und Einsamkeit bilden was? Formel? Peinliches Versagen.

Ich bin alt in diesem Laden, sehr alt.

Ein mitleidiger Blick aus braunen Augen. Ein junger Typ hinter dem Tresen, vielleicht zwanzig oder fünfundzwanzig. Was will die denn hier?

Bunt gefärbte Haare verdecken zur Hälfte sein Gesicht, der Rest kurzgeschoren. Aber die Hälfte seiner mitleidigen, kurzgeschorenen Verachtung reicht mir auch schon.

„Und??" Er trommelt ungeduldig mit den Fingern auf dem Tresen.

Ich noch immer ratlos: „Mach mir den einfachsten Burger, den ihr habt". Schon mal vorsorglich duzen, um nicht noch mehr aufzufallen.

Der Typ hinter dem Tresen sichtlich erleichtert: „Okay, dann „Avatar" also! Dauert 15 Minuten!"

Im Film ging die Verwandlung aber schneller.

„Dein Name?"

„Wieso?"

„Wir müssen Dich   a u s r u f e n!"

„Ach so, ja natürlich – schon klar!" Wieder peinliches Versagen.

Draußen wartend in der Hitze der Stadt, bis mein „Avatar" fertig ist.

Einfach nur ein Brot essen – wäre doch genug gewesen. Warum tust du dir das hier an? In Ruhe Mittagessen soll man doch – abschalten – durchatmen!

Wie geht das denn zwischen Autolawinen, knatternden Mopeds und all den Menschenmassen, die in ausgetretenen Turnschuhen durch die Straße schlurfen, manche auch mit High Heels, manche barfuß. Musik übertönt das multikulturelle Sprachengemisch. Schnell was essen! Schnell Business machen! Wer keine Deadline hat, ist raus.

Und früher? Ach ja – früher: Die kalte Kirschsuppe mit Grießklößchen auf dem Sommerbalkon. Hitzefrei!

„Schling doch nicht so", hieß es. „Kommst noch früh genug zum Schwimmbad!"

„Aber die Freundinnen warten doch."

Das war keine Deadline – das war was anderes. Jemand hatte aufgepasst, dass man in Ruhe isst. Und bloß nicht die schönen, roten Geranien im Balkonkasten abknicken. Vaters ganzer Stolz!

Heißer Wind fegt Papierfetzen und Müll durch die Straße. Ein Notarztwagen bahnt sich mit Sirenengeheul seinen Weg durch die Autoschlangen. Der da drin im Notarztwagen – was ist ihm passiert, während die Stadt zu Mittag isst?

Die Welt steht nicht still, wenn dir was passiert, nur deine Welt. Die anderen machen weiter - inmitten dieser Menschenmassen. Einsamkeit! Aufbruch nach Pandora mit einer Topfpflanze ohne Wurzeln im Gepäck – das Samurai-Schwert in der Hand. Schwarzblauer Himmel! Gewitterwolken!

Unter meinen Füßen vibriert die Erde. Quietschend und ratternd eilt sie dahin, die U-Bahn, auf dem Grund längst vergessener Urstromtäler die Stadt durchquerend in dunklen Tunneln. Graffiti an den Wänden der U-Bahn-schächte, nur kurz aufleuchtend durch die Fenster der stickigen U-Bahn, vier dick umrahmte Graffitibuchstaben – silbermetallic – „HELP!" daneben der Schriftzug eines nächtlichen Sprayers „THUNDERBIRD" –schräg – nur eine Momentaufnahme – vielleicht morgen schon wieder verschwunden – übersprüht von einem anderen Namenszug.

Hey Thunderbird: U-Bahnschächte bemalen, ist das Kunst? – wessen Kunst?

Wir sind schnell, zu schnell und „Thunderbird" erstmal beim U-Bahnschacht-Bemalen irgendwann im Morgen-grauen zwischen 3 und 4. Da fährt nix, jedenfalls nicht alle 5 Minuten. Und ich in Slow Motion brauche Tage für ein Bild! Ich bin ein Fremdkörper – ich bin raus – mir fehlt die Deadline!

Jemand springt auf die Fahrbahn. Bremslichter leuchten auf – Schweißperlen rinnen mir von der Stirn.

Eine Papiertüte für mich – „Avatar" ist fertig! Ökologisch hübsch verpackt in braunem Papier mit dem Aufdruck „Burgervision".

Endlich!

Mein „Avatar" – Aufbruch in die Mittagspause - vegetarisch – war doch klar oder?

Vorgeführt

Am Montag musste Mehmet von seinem Wochenende bei den Jungs zurück nach Berlin. Er stand um 6 Uhr früh auf dem Süderbraruper Bahnhof und reihte sich in die Schlange am Fahrkartenautomaten ein. Aus seinem Handy dröhnte die Musik so laut, dass die anderen Reisenden auf dem Bahnsteig sie trotz seiner Ohrstöpsel hören konnten. Mehmet war das egal. Er beobachtete, wie ein dunkelhäutiger Mann versuchte, einen 20-Euro-Schein in den Automaten-Schlitz zu schieben, was ihm aber nicht gelang, weil der Geldschein so zerknittert war wie eine weggeworfene Brötchentüte in der U-Bahn. Dem jungen Schwarzen liefen Schweißperlen über die Stirn.
In Berlin regelte in solchen Fällen der Erste, der vorbeikam, das Problem und zeigte dem Techniklegastheniker, wie man den Kasten zum Auswurf eines Tickets bewegte. Es war keine große Sache. Mehmet ließ seinen Kopf im Rhythmus der Musik zucken und kaute sein Kaugummi.
Er spürte, wie es in der Schlange unruhig wurde. Der Schwarze wiederholte seine sinnlose Aktion gerade zum 5. Mal, aber weder der Schlipsträger noch die Frau mit Einkaufstasche noch das ältere Paar oder sonst einer in der Schlange nahm die Sache in die Hand. Stattdessen machte sich Unmut breit. Jetzt erst wurde Mehmet neugierig. Er zog die Stöpsel aus den Ohren, um nichts zu verpassen.
„Das ist doch eine Unverschämtheit, den Automaten so zu blockieren", beschwerte sich der grauhaarige Alte. „Wir sind hier nicht im Dschungel. Es gibt einen Fahrplan und an den muss auch so einer sich halten."

„Reg dich nicht auf, Otto!", sagte seine Frau. „Wenn es noch länger dauert, holen wir den Bahnhofswärter."

„Krass alte Nazis!", dachte Mehmet.

„Sie müssen den Schein mit der richtigen Seite nach vorne einführen", sagte der Schlipsmann. Der Schwarze verstand kein Wort. Er quetschte den Zwanziger verzweifelt in den Schlitz, und der Automat spuckte ihn ungerührt wieder aus.

„Ich habe wirklich keine Zeit", drängte der Schlipsmann. „Der Zug fährt in sechs Mi-nu-ten ab, und ich ha-be ein wich-ti-ges MEE-TING. Ich kann nicht auf den näch-sten Zug war-ten. Wür-den Sie bit-te den Auto-ma-ten frei-ge-ben!"

Mehmets Augen wurden größer.

Die Einkaufstaschenmutti trippelte von einem Bein aufs andere und hielt den Mund. Rentner Otto lief rot an:

„Da siehst du's, Else! Der hält den ganzen Betrieb auf. Da muss doch einer eingreifen. Ein bisschen Rücksicht gegenüber der arbeitenden Bevölkerung ist wohl nicht zu viel verlangt. Der kann doch erst mal zur Seite treten, damit wenigstens die anderen rechtzeitig eine Fahrkarte kriegen."

„Otto, nun lass doch. Der Herr da vorne hat ihm ja gesagt, dass er wirklich wichtige Termine hat. Nun wird schon alles gut. Oder soll ich jetzt den Bahnhofsvorsteher rufen?"

„Sei doch nicht immer so dumm, Else! Wir haben jetzt noch fünf Minuten. Bis du den Wärter geholt hast, ist der Zug ohne uns abgefahren."

Inzwischen hatte der Schlipsmann einen 20-Euro-Schein aus seinem Portemonnaie gezogen. Er demonstrierte dem unglücklichen Schwarzen, in welche Richtung der Metallstreifen beim Einführen in den Automaten zeigen musste. Die Einkaufstaschenmutti murmelte vor sich hin:

„Aber das hilft doch nichts. Es liegt doch daran, dass der Schein zerknittert ist."

„Immerhin merkt die Alte noch Einschläge", dachte Mehmet. „Nur schade, dass die anderen Vollspasten hier nix mitkriegen."

In diesem Moment verließ der Mann vom Bahnhofspersonal sein Büro, um die Gleise abzusperren, damit keiner auf den gegenüberliegenden Bahnsteig wechseln konnte, während der Zug einlief.

Rentner Otto wurde laut: „Jetzt reicht's! Dem mache ich ein Ende. Den schiebe ich zur Seite!"

„Otto, bitte...", hauchte Else.

Die Frau mit der Tasche senkte ihren Kopf so tief über ihren Einkaufsbeutel, als wäre sie am liebsten hineingekrochen.

„So kann man doch nicht miteinander umgehen", stammelte sie an die grauen Steinquader auf dem Bahnsteigpflaster gewandt.

Nur Mehmet hatte ihr Flüstern gehört. Er grinste innerlich, setzte aber eine finstere Miene auf und trat aus der Reihe heraus. Er ging an der verschämten Frau vorbei, glotzte Otto dreist ins Gesicht und machte dabei ein zischendes „Ksss, Ksss".

Dann schob er den Schlipsmann beiseite, nahm dem Schwarzen den kaum noch identifizierbaren Zwanziger aus der Hand, zog einen glatten, neuen Geldschein aus der Jackentasche und führte ihn in den Automatenschlitz.

Otto entrüstete sich: „Der hat sich vorgedrängelt, Herr Bahnhofswärter, da müssen Sie eingreifen!"

Mehmet überließ dem erleichterten Schwarzen das Ticket, überquerte mit dem Knitter-Zwanziger und ohne Fahrschein die Gleise, bevor der Bahnhofswärter den Übergang mit seiner Kette versperrte.

Vom gegenüberliegenden Bahnsteig aus wandte er sich noch einmal den anderen zu, schnitt eine Grimasse und ließ ein obszönes Trillern hören, während sein Publikum ihn mit offenen Mündern und weit aufgerissenen Augen anstarrte.

„Geila Auftritt", dachte er.

Strandbad Wannsee

Das gleichmäßige Rattern der S-Bahn setzte kurz aus, wie um noch einmal Luft zu holen für die letzte Kurve vor der Einfahrt in die nächste Station. Leicht schlingernd legten sich die Waggons in den sanften Schienenbogen, ihr Tempo langsam drosselnd. Das laute Quietschen des bremsenden Zuges durchbrach die morgendliche Stille des kleinen Vorstadtbahnhofes.

Ein Mann in dunkelblauer Uniform mit einer knallroten Mütze auf dem Kopf eilte aus seinem gemauerten Wärterhäuschen heraus und rief mit lauter Stimme: „Bahnhof Nikolassee!"

Gleich darauf wurden schwere S-Bahntüren aufgerissen und heraus quoll eine kunterbunte Menschenmasse in luftiger Sommerkleidung. Bepackt mit vollgefüllten Kühltaschen, Rucksäcken und aufgeblasenen Schwimmreifen ergoss sich die Masse wie ein Schwall bunter Farbe über den Bahnsteig, die Steintreppe hinunter zur Vorhalle des hübschen, in gotischer Bauweise errichteten Bahnhofsgebäudes, um von dort durch hölzerne Schwingtüren hinaus ins Freie zu fließen.

Wie von Zauberhand geführt, formte sich die Masse sodann zu einer bunten Schlange. Eine sonderbare Prozession, die durch den trockenen Kiefernwald kroch und sich unaufhaltsam auf die Havel zu bewegte. Die Morgensonne durchflutete den lichten Wald. Von der graubraunen, schuppigen Borke der links und rechts vom Weg hoch aufragenden Baumstämme strömte ein harziger Duft herüber. Badelatschen schlappten durch den sandigen Waldboden. Von irgendwoher hallte das hohle Klopfen eines Buntspechts und ab und an drang ein leises Rauschen von ganz weit oben herunter, wenn der Wind durch die nadligen Baumkronen ging. Der märkische Kiefernwald gab sich alle Mühe, der bunten Prozession einen schönen Empfang zu bereiten, aber kaum jemand nahm es wahr. Sie hatten ihren Blick und ihre Sinne auf ein anderes Ziel gerichtet. Nur ab und an stoppten kleine Kinderfüße und hoben Kienäpfel von der Erde auf, sahen einen bunten Vogel fliegen. Die Menschen waren guter Laune und freuten sich auf ihren Badestrand.

Der Tag war noch so frisch - ein unbeschriebenes, weißes Blatt. Wie konnten all die Menschen ahnen, dass andere Leute anderes vorhatten mit diesem Tag?

Während sie ahnungslos durch den sandigen Waldboden schlappten, formierte sich im Westen der geteilten Stadt eine andere Prozession. Jemand begann, schwarze Tinte über das weiße Blatt zu gießen – eine dunkle Masse, die unaufhaltsam von rechts oben nach links unten floss. Am Ende dieses Tages war alles schwarz.

Die bunte Menschenmasse bewegte sich in einem großen Bogen aus dem Wald heraus. Dann kam das lange, rechteckige Gebäude aus ockergelbem Klinker in Sicht und davor das etwas altmodisch anmutende Tickethäuschen. Der Eingang zum Strandbad Wannsee!

„Die Ostsee der kleenen Leute" - wie mein Vater zu sagen pflegte. Der korngelbe Sand, der durch die Öffnungen der Eingänge zum Strandbad leuchtete, war nicht von hier. Er wurde früher tonnenweise vom Timmendorfer Strand herbeigeschafft, damit sie - „die kleenen Leute" - einen schönen Sandstrand hatten.

Für die richtige Ostsee fehlte allen das Geld. Sie waren unter sich. „Zille sein Milljöh" sprang hier ins Wasser und aalte sich in der Sonne.

Die „feine Gesellschaft", die in der Umgebung in wunderschönen Villen wohnte, ging nicht im Strandbad Wannsee baden.

Wir waren Teil dieser Prozession, mein Vater, meine Mutter und ich. Mein Vater rechts neben mir schleppte die schwere Kühltasche. „Wat haste da nur wieder allet einjepackt – als ob wa verhungern würden".

Meine Mutter links neben mir trug die leichtere Tasche mit all unseren Badesachen und überhörte meinen Vater geflissentlich. Sie war eine stille Person, während mein Vater munter vor sich hinplapperte und einmal wieder seinen geliebten Zille zitierte:

„Jibt dir det Leben eenen Puff, dann weine keene Träne, lach dir 'n Ast und setz dir druff und baumle mit de Beene".

Einfacher gesagt als getan, dachte ich in der Mitte. Mein „Puff" befand sich gerade in meinem rosa Rucksack zusammen mit meinem kleinen Teddybär, den ich überallhin mitschleppte, und bestand aus den 8 Strophen von Schillers Glocke. Bis Montag hatte ich sie auswendig zu lernen. „'N Ast lachen und mit de Beene baumeln" würde bedeuten, dass am Montag der Schlüsselbund meines Klassenlehrers in meine Richtung flog.

Aber zum Glück hatte ich heute schulfrei und es war erst Freitag!

Wir hatten das Tickethäuschen hinter uns gelassen und hielten ein silbernes Metallschildchen mit der Nummer unseres Strandkorbs in der Hand. Die bunte Menschenmenge verteilte sich mit uns über den Sand.

Decken wurden ausgebreitet, Liegestühle aufgeklappt, Strandkörbe in Richtung Sonne gedreht. Der Geruch von Sonnencreme vermischte sich mit Kaffeeduft, der aus geöffneten Thermoskannen strömte. „Das Milljöh" richtete sich für den Rest des Tages hier ein. Noch eine Stunde und dann war alles voll.

Vor uns lag das blaugrüne Wasser des Großen Wannsees, einer Ausbuchtung der Berliner Havel. Die weißen Schwäne mit ihren langen Hälsen, die bis eben noch ihre Bahnen durch den abgeteilten Nichtschwimmerbereich gezogen hatten, verdrückten sich angesichts dieser Menschenmassen lieber woanders hin.

Meine Mutter hatte es sich im Strandkorb gemütlich eingerichtet und mein Vater und ich machten uns auf den Weg zum Wasser. Gut achtgeben musste man dabei, um nicht auf fremde Decken zu treten. „Pass doch uff, Kleene! Haste keene Ogen im Kopp?"

Erst mal eine Runde schwimmen!

Während mein Vater und ich durch das flache Wasser wateten, um ins Tiefere zu gelangen, befand sich ein großes Flugzeug im Anflug auf die Landebahn des Flughafens „Berlin-Tempelhof." Der Berliner Bürgermeister stand bereit, um ein Kaiserpaar aus einem weit entfernten Land zu begrüßen. Sorgsam ausgesuchte Gäste mit bunten Fähnchen warteten am Rand der Landebahn, um dem Kaiserpaar zuzujubeln.

Der Schah von Persien in seiner schneeweißen, mit Orden behängten Uniform und seine hübsche Frau Farah Diba stiegen aus dem Flugzeug, während ich mit sicheren Schwimmzügen Richtung Boje schwamm.

Wellen kamen auf.

In der Fahrrinne des Großen Wannsees weit hinter der gelben Boje fuhr ein Ausflugsdampfer vorbei. Wasser kam mir in die Nase!

„Kiek mal dahinten!", rief mein Vater und deutete auf das andere Ufer nach rechts. Weit entfernt, zwischen Bäumen blinkte etwas Helles hervor. Das Haus der Wannseekonferenz!

„Und och nochmal nach links kieken – die Villa von Max Liebermann und det Grab vom Kleist – aber ich sah nur grüne Bäume und sonst nichts. Wer waren die überhaupt? Ich schwamm ein wenig auf und ab, immer gut darauf bedacht, nicht zu nahe an die grauen Betonstege zu geraten, die an drei Stellen des Badestrandes weit hinaus ins Wasser ragten. An den bemoosten Pfeilern der Betonstege waberten lange, glibschige Schlingpflanzen durch das Wasser. Das war mir äußerst unheimlich.

Gegen Mittag zogen Wolken auf, und eine schwarze Wagenkolonne bahnte sich ihren Weg durch die Innenstadt in Richtung Schöneberger Rathaus.

Meine Mutter verteilte den mitgebrachten Kartoffelsalat und Wiener Würstchen auf kleine Pappteller. Ich saß auf meiner Decke, eingehüllt in ein weiches Badetuch und löffelte meinen Kartoffelsalat.

Mein großer Bruder kam mir plötzlich in den Sinn. Ich hatte ihm heute Morgen mit meiner Plastikbürste die langen, braunen Haare glattgekämmt, bis sie knisterten. Er ging vor uns aus dem Haus. Wie so oft rannte ich sofort zum Balkon, sobald er die Wohnung verlassen hatte, um ihm nachzuschauen, wie er mit seinen langen, schönen Haaren die Straße hinunterlief, am Ende der Straße abbog und hinter der Häuserecke verschwand.

Er hatte immer einen aufrechten Gang und ging nie mit uns ins Strandbad Wannsee. Er gehörte zu uns, aber er war weder „Milljöh" noch „feine Gesellschaft". Er war irgendetwas dazwischen und gegen beides.

Nach dem Essen durfte man nicht gleich wieder ins Wasser, aber ich hatte gar kein Verlangen danach. Die Wolken wurden immer dichter. Kühler Wind kam auf - mich fröstelte. Ich kuschelte mich unter mein Badetuch und schloss die Augen. Die Geräuschkulisse der Badegäste drang wie aus weiter Ferne an mein Ohr.

Es war früher Nachmittag. Während ich unter meiner warmen Decke vor mich hindöste, erreichte die lange, schwarze Wagenkolonne mit dem Kaiserpaar darin das Schöneberger Rathaus. Auf dem Vorplatz hatten sich zweitausend Menschen versammelt. Doch nicht alle waren gekommen, um dem Schah von Persien zuzujubeln. Unruhe kam auf, Farbbeutel und Eier flogen – Sprechchöre wurden immer lauter: „Schah, Schah, Scharlatan!" Junge Studenten ließen ihrer Empörung über Menschenrechtsverletzungen im fernen Persien freien Lauf.

Aus der Menge löste sich plötzlich eine Gruppe Perser und schlug mit Holzlatten und Stahlrohren wahllos auf junge Demonstranten ein. Eine dieser Holzlatten traf meinen Bruder mitten ins Gesicht.

„Plop!" Ein Klumpen Sand landete auf meinem Rücken. Ich fuhr hoch. Irgendwer hatte mich beworfen. Aber alle Kinder, die in unmittelbarer Nähe herumsaßen, schauten ganz unschuldig durch die Gegend. Der Täter war nicht auszumachen.

Die ersten Regentropfen fielen vom Himmel. Es grummelte in der Ferne und Aufbruchstimmung kam auf im Strandbad.

Den selbstgebackenen Streuselkuchen müssten wir dann wohl zu Hause essen.

„Dit macht ja nüscht, da schmeckt er och noch".

Gegen Abend, als das kaiserliche Ehepaar den Klängen der Zauberflöte in der Deutschen Oper lauschte, tobte draußen eine Straßenschlacht, die ihresgleichen suchte. Benno Ohnesorg wurde erschossen und eine bis dahin friedliche Studentenbewegung radikalisierte sich.

Auch mein Bruder kam an diesem Abend des zweiten Juni 1967 nicht nach Hause und meine Familie stand Kopf.

Am darauffolgenden Montag flog der Schlüsselbund meines Klassenlehrers in meine Richtung.

Der große Ast, auf dem ich hätte sitzen sollen, zersplitterte in tausend Stücke.

Bösebrücke

Ihr Rücken lehnte an einem der feuchtkalten Brückenpfeiler. Über ihr der dunkle Novemberhimmel und die mächtigen, genieteten Stahlverstrebungen, die sich in einem hohen Bogen über die Brücke spannten - beides wie für die Ewigkeit gemacht.

Die Brücke, nur eine von Hunderten in dieser Stadt und doch eine der besonderen Art, nicht nur wegen ihrer imposanten Konstruktion. Brücken verbinden. Aber diese hier trennte auch für lange Zeit, als eine Grenze die Stadt in Ost und West spaltete. 138 Brückenmeter waren geteilt in 30 Meter West und 108 Meter Ost.

30 West/108 Ost - wie so ´ne Marschrichtung, die ich mir eingeprägt hatte, genau wie den Spruch vom Vater, eingebrannt in mein Kinderhirn:

Im Osten geht die Sonne auf - das sollte ich mir gut merken - im Süden steht sie mittags drauf und im Westen will sie untergehen.

„Ist das auch mal umgekehrt?", hatte ich damals gefragt. Kaputtlachen können hätte er sich. So ´ne blöde Frage.

Das aufkommende Licht im Osten und die nahende Dunkelheit im Westen. Ost und West – meine Welt war nicht nur geteilt in Himmelsrichtungen.

Geschwärmt hat er immer, der Vater, von diesem „Licht im Osten":

„Det globste ja nich, wat für herrliche Wälder und Seen wir da drüben haben - die schönste Natur, und ick im Sommer immer mit dem Rad an die Ostsee – nachts im Heu jeschlafen – Sterne gekiekt – junge Stifte warn wa damals noch, ick und der Kalle aus der Ackerstraße - immer

unzertrennlich. Wenn der Krieg blos nich' jewesen wär' –
der arme Kalle!

Und Lenchen, mein Schwesterherz, mit ihrer kleenen
Datsche am Lotschesee - det man die und die arme Mutter
nu nich mehr sehen konnte. Janze Familien ham se zerrissen
– eine Schande det allet!"

Wegen Lenchen und der Oma immer an Ostern und
Weihnachten Schlange stehen am Postschalter - Pakete nach
drüben schicken. Kaffee, Schokolade und Puddingpulver.
Die hatten ja nichts da drüben, hieß es, keine Bananen, keine
Reisefreiheit. Wir hatten beides und wir **mussten** reisen! Es
war eng in unserer halben Stadt und wir hatten keine
Datsche am Lotschesee.

Sonntagsausflüge in Westberliner Wälder stießen schnell an
Grenzen und Sperrschilder:

„Achtung! – Sie verlassen jetzt Westberlin!" Wenige Schritte
dahinter – die Mauer!

Im Schulzendorfer Wald klappte Vater die Gartenstühle
gern auf dem letzten Meter West aus - Kaffee und Kuchen
mit Blick auf die Mauer – stiller Protest.

Und schweres, dumpfes Rasseln störte Spaziergänge durch
den trockenen Kiefernwald am Heiligensee, wenn Panzer
der Alliierten durch die sandigen Hügel kurvten.

Waldausflüge machten mir Angst.

In den Ferien also immer raus aus unserer Insel im roten
Meer des Ostens, raus aus Westberlin oder Berlin West - und
nicht quengeln, nicht zappeln und ja keine frechen
Bemerkungen beim VoPo. Der sprach immer so komisch,
dass wir lachen mussten:

„Fahrn se mal rechts raus!"

Die Zeitschriften wegstecken und die Bücher und dann langsam durchs „Feindjebiet" wie Vater das immer nannte, Atem anhalten.

Anhalten auf der Transitstrecke war übrigens auch verboten. Nur auf der HO Raststätte mit Intershop – da durfte man! Die Speisekarte – ein kleines DIN A 4 Büchlein, eingebunden in kuhbraunes Kunstleder.

„Bockwurst könn' se haben oder ne Soljanka mit Brot!"

Das, was sonst noch auf der Speisekarte stand, gab es so gut wie nie. Außer manchmal: Goldbroiler und Kartoffelsalat mit Alu-Besteck. Schmeckte nicht!

Wenn wir an der Ostsee Urlaub machen wollten, mussten wir auf die alte B 5. Vorbei an endlosen russischen Kasernen, Schlaglöcher umschiffend. Auf holprigem Kopfsteinpflaster durch triste Dörfer. Kinder am Straßenrand. Ganz ärmlich standen sie da und winkten. „Westlerwinken" hieß es im Osten. Mal schnell 'ne Schokolade rausschmeißen.

Und jedes Mal die Frage vom Vater: „Weste noch, wie wir imma jewunken haben?"

„Nach drüben Winken" hieß das im Westen, wenn wir auf die Aussichtsplattform an der Bernauer Straße kletterten und über die Mauer guckten in den farblosen Osten von bunt nach grau. Wie die sich nur immer verabredet haben? Oma und Lenchen auf der anderen Seite im fahlen „Licht des Ostens" und wir auf der Plattform mit großen, weißen Stofftaschentüchern winkend, wie kleine Friedensfahnen. Mutter hatte die immer liebevoll gebügelt – ganze Stapel, mit Wasser besprenkelt und dann zischte es so schön – danach die Handtücher und die Tischdecken. Ihr schönes, himmelblaues Abendkleid – war in der Reinigung geblieben auf der anderen Seite – dazwischen die Mauer und der

62

sandige Todesstreifen. Heute winkt man nur noch mit der Hand, vielleicht – wohin? Stofftaschentücher hat doch keiner mehr.

Das war Geschichte. Die Straße meiner Kindheit - damals ein Gehsteig West, die Häuser mit den zugemauerten Fenstern auf der anderen Gehsteigseite Ost - nun eine Gedenkstätte auf sandigem Boden. Die Mauer, die sie eingerissen haben, heißt jetzt „Mauerstreifen" oder „Mauerpark"- eine langsam verheilende Wunde quer durch die Stadt – die Narbe bleibt. Vorbei auch die Besuche in Ostberlin, als wir endlich von West nach Ost reisen durften. Anstehen im sogenannten „Tränenpalast", der Ausreisehalle am Grenzübergang Bahnhof Friedrichstraße. Das Warten vor der Bösebrücke an der Bornholmer Straße genau auf 30 Meter West und dann 108 Ost überquerend, den Passierschein ordentlich ausgefüllt. Hin mit Konfektschachteln und Bols Weinbrand - zurück mit 7 Äpfeln aus dem Garten, Bastuntersetzer und Socken von der Oma gestrickt. Die zog ich besser gleich an. Mitternacht musste man wieder ausreisen.
„Ham se Tonträger dabei?"
Ostmusik war erlaubt. „Am Fenster" von der Gruppe City mochten wir auch im Westen „...nässt der Regen, flieg ich durch die Welt", hörten wir 108 Meter Ost durchquerend, die restlichen 30 Meter West: „Wishful Thinking" ...."Fly little bird to Hiroshima" ganz laut: „in the way a load".
Warum das wohl im Osten verboten war?
Flieg ich durch die Welt - aber das ging ja nicht. Sehnsucht!
Mauern durchbrechen – auch in den Köpfen. Frei sein!
„Versuch es mit der kleinen Liebe", ein Band Lyrik von Hildegard Maria Rauchfuß, mit dem Gedicht „Am Fenster",

erstanden in einem Buchladen am Alexanderplatz, um das "Eintrittsgeld" loszuwerden. 25,00 Ostmark auszugeben war eine echte Herausforderung.

S-Bahnhof Humboldthain! Letzter Bahnhof Berlin West! Dann verschwand die S-Bahn im Norden der Stadt in den Untergrund, um ohne Zwischenhalt im Süden wieder aufzutauchen. Geisterbahnfahrt! Langsam durchs grausige, feuchte Halbdunkel. Auf den finsteren, stillgelegten Ost-Bahnhöfen standen die bleichen Grenzsoldaten mit ihren Maschinengewehren und drinnen auf den Holzbänken der S-Bahn sitzend unsere jungen Rebellen – die Internationale singend.

„Ihr langhaarigen Sozis - geht doch nach drüben!", schimpften Fahrgäste. „Wisst ihr eigentlich, was da los ist?" Nö! Die jungen Rebellen waren anderweitig beschäftigt: General Pinochet und Chile, Che Guevara - schwarzes Porträt auf knallrotem Untergrund, Alexandros Panagoulis und die Militärdiktatur in Griechenland, die Väter und der 2. Weltkrieg, der Holocaust! Und gleich nebenan Ostberlin und die DDR – die hatten doch nichts.

Das Poster von Che verstaubt nun in irgendeiner Kiste auf dem Dachboden – sentimentaler Kram!

Alles vorbei.

Gerede von Reisefreiheit im Fernsehen und irgendein kleiner Held in Uniform machte Geschichte hier auf dieser Brücke, von Ost nach West alle über die Brücke, einfach aufmachen, sie wollten ja alle nur mal gucken, kann doch nicht so schwer sein, einfach aufmachen, aber ohne Befehl? Das war neu.

Ob das wohl gut ginge?

„Twenty thousand people cross Bösebrücke, fingers crossed, just in case". Und dann auf zum Ku'damm!
Einer auf der Brücke kam auf mich zu, wollte anstoßen mit mir. Sekt floss plötzlich in Mengen. Alle lachten und weinten und ich auch, weil der Vater drei Monate zu früh gestorben war. Dass er das nun nicht mehr erleben konnte! Danach war ich unterwegs durch seine Wälder und Seen, mit dem Rad an die Ostsee. Er hatte nicht gelogen – vielleicht ein wenig. Die hatten doch nichts? Das stimmte nicht ganz.

Ihr Rücken löste sich von dem feuchtkalten Brückenpfeiler, als Matthias auftauchte, 108 Meter Ost überquerend, auf dreißig West stehen bleibend, Sektflasche in der Hand, pünktlich und genau Mitternacht 9. November, wie jedes Jahr. Verrückt irgendwie, aber immer so schön.
Mit dem Rücken am Brückenpfeiler, darüber der Himmel, darunter keine Geisterbahn mehr - alles für die Ewigkeit?
„Fingers crossed just in case" und dann 108 Meter Ost überquerend Hand in Hand – Richtung Sonnenaufgang.

SCHÖNE HEILE WELT?

Oft habe ich mich gefragt: Was mag wohl zwischen der schönen, heilen Welt, in der ich mich so gerne aufhalte, und der hässlichen, kaputten Welt liegen und ist meine schöne, heile Welt auch die der anderen? Vermutlich gibt es so viele heile Welten wie es Menschen gibt und genauso viele hässliche und kaputte Welten.

In meiner schönen, heilen Welt jedenfalls hatte ich es mir nett eingerichtet, bewegte ich mich gerne, es fühlte sich leicht und unbeschwert an und sicher. Ich erfreute mich an der Harmonie der schönen Dinge und des konfliktfreien Miteinanders. Das war wie eine Sucht und es machte so glücklich und zufrieden und ja – wie ich irgendwann feststellen musste, auch ein wenig träge.

Die hässliche, kaputte Welt machte mir Angst und ich wollte nichts damit zu tun haben. Ich schaute einfach nicht hin. Ich vermied es, ein Teil dieser Welt zu werden und fühlte mich nicht verantwortlich für all ihre Schrecklichkeiten. Aber war das wirklich so?

Vielleicht wäre alles so geblieben, wäre da nicht die aufkommende Langeweile und diese unbändige Neugier auf jene andere Welt gewesen, in der das Hässliche und Kaputte, das Unbequeme sichtbar ist, eben diese Welt, die hinter meinem rosaroten Schleier verborgen lag und die immer mehr und immer öfter einen unerklärlichen Reiz auf mich ausübte.

Wie die Figuren unserer Geschichten hatte ich begonnen, zwischen den Welten hin- und her zu wandern und konnte mich letzten Endes nicht entscheiden, weder für die eine noch die andere Welt.

66

Deshalb bewege ich mich nun viel lieber in diesem Raum dazwischen, der von beiden Welten etwas zu bieten hat. Dort fühlt es sich spannend an und wach. Nur manchmal kehre ich zurück und verweile etwas länger in der schönen, heilen Welt, um gestärkt wieder zurückzukehren in diese aufregende Zwischenwelt, in der ich Könige und Zwerge entdeckte, Sehende und Blinde, Wesen, die an das Unmögliche glauben und Menschen mit mehreren Persönlichkeiten, Gute und Böse, Sieger und Verlierer, Weise und Unwissende, Entdecker und Abenteurer und wache Geister. Es ist so schrecklich bunt in dieser Welt dazwischen, überhaupt nicht bequem und nicht immer schön, aber sehr lebendig. Sie ist in Bewegung und braucht Figuren, die etwas bewegen.

Vielleicht ist das die Wirklichkeit – vielleicht – eine von vielen Wirklichkeiten?

Oder ist das alles pure Phantasie?

Mana Pools

Die Morgensonne warf ihre ersten Strahlen auf die kleine
Farm und tauchte die terracottafarbene Ostfassade in ein
glühendes Rot, während die nach Südwesten zum Garten
hin angebaute Holzveranda noch im tiefen Schatten lag. Es
war sieben Uhr morgens. Allison war startklar. Ihr sorgfältig
zusammengestelltes Reisegepäck stand schon unten in der
Eingangshalle.
Sie wusste sehr genau, wie man sich für einen Ausflug in die
Wildnis zu rüsten hatte, denn sie kannte die umliegende
Gegend hier wie ihre Westentasche. In Gedanken ging sie
noch einmal alles durch:
ein Zelt, Schlafsäcke, genügend Wasservorrat, Moskitonetz,
Kompass, Taschenmesser und natürlich ihr Funkgerät, das
sie nie vergaß, wenn sie im Nationalpark unterwegs war.
Außerdem hatte sie für den heutigen besonderen Anlass
eine Picknickdecke dabei und ihr kleines, grünes Faltkanu.
Als sie ihr Zimmer verließ, griff sie schnell noch nach der
warmen Jacke, die sie für den Abend bereitgelegt hatte. Es
war Mitte Juli, winterliche Trockenzeit, und in der Nacht
konnte es empfindlich kalt werden.
Nala hatte eigens für ihr Vorhaben den aus Bambus
geflochtenen Picknickkorb mit allerhand kleinen
Köstlichkeiten gefüllt.
Nala – die gute Seele dieses Hauses. Allison liebte sie nicht
nur wegen ihrer ausgezeichneten Kochkünste. Sie war
warmherzig und lebenslustig und schaute den Menschen
direkt ins Herz. Allison vertraute ihren weisen Ratschlägen
mehr als denen ihrer eigenen Mutter. Nala hatte ihr viel
beigebracht über dieses Land. Ihre Vorfahren gehörten zum

Stamm der Shona und ihre tiefe Verbundenheit mit diesem Land, den Menschen, Tieren und Geistern war wie ein leuchtender Funke auf Allison übergesprungen.

Allison war unruhig. Am liebsten wäre sie sofort gestartet, wollte aber nicht zu früh in Kariba-Town aufkreuzen, um Yakubu dort, wie verabredet, um 10.00 Uhr abzuholen. Wenn sie die Fahrzeit richtig berechnet hatte, blieb ihr jetzt noch eine gute Stunde Zeit.

Mit einer Tasse Tee in der einen und einem warmen Stück Maisbrot in der anderen Hand schlenderte sie auf die Veranda und machte es sich auf einem Schaukelstuhl bequem. Ihr Blick schweifte über den liebevoll angelegten Garten. Das Herzblut ihrer Mutter lag in diesem kleinen Paradies. Überall blühten Dahlien, Hortensien, Rosen und Cosmeen in den schönsten Farben und mittendrin leuchtete türkisblau der kleine Pool. Linkerhand hinter einer Hecke aus Hibiskussträuchern lag der Obstgarten. Dort wuchsen Papayas, Mangos, Mandarinen und Pfirsiche. Am Ende des Gartens gab es ein kleines „Guesthouse", eine Blockhütte, die ihre Eltern an Touristen vermieteten, die im nahegelegenen Mana-Pools-Nationalpark auf Tiersafari gingen.

Seit Längerem blieben die Touristen jedoch aus. Kaum jemand wagte sich noch hierher, seit Mugabe das Land mit diktatorischer Hand regierte: Überfälle auf weiße Farmer häuften sich. Versorgungsengpässe, Korruption und zunehmende Wilderei gehörten mehr und mehr zum Alltag. Ihr Vater machte sich große Sorgen um die Sicherheit seiner Familie und um die Zukunft des Landes. Es war nicht sein Land, um das er sich sorgte!

Immer öfter sprach er davon, die Farm aufzugeben und fortzuziehen. Allison wollte davon nichts hören. All das, wovon ihr Vater redete, hatte nichts mit ihrer schönen, heilen Welt zu tun. Sie wollte hier leben und glücklich sein und die kleine Farm im dünn besiedelten, von Trockensavannen geprägten Mashona-Land erschien ihr wie eine sichere Burg, in die all diese unschönen Dinge nicht einzudringen vermochten. Im Mana-Pools-Nationalpark, so glaubte sie, waren alle Tiere in Sicherheit. Allison genoss die frische Morgenluft, denn schon bald würde es sehr heiß werden. Sie war glücklich hier in dieser Ruhe und Abgeschiedenheit. Das war ihr Zuhause. An Stuttgart, die Heimatstadt Ihres Vaters, konnte sie sich kaum noch erinnern. Kurz nach ihrem fünften Geburtstag hatten ihre Eltern Deutschland verlassen, um in Simbabwe, das gerade seine Unabhängigkeit feierte, neu anzufangen. Sie erhofften sich hier ein glücklicheres und freieres Leben. Doch Harare, die Landeshauptstadt, in der sie anfangs lebten, war ein Albtraum für Allison. Sie war heilfroh, als ihre Eltern vor wenigen Jahren die kleine Farm gekauft hatten, fernab von all den Menschenmassen und dem Chaos, dem Dreck und Lärm und den Bettlern, den halbverhungerten Straßen- kindern und den Armutsvierteln der Stadt. Jegliche Art von Konflikt war ihr zutiefst zuwider, und die Großstadt steckte voller Konflikte.

Die hübsche, kleine Farm, der Garten und der Nationalpark in der Nähe waren ihr Leben. Ihr Vater arbeitete als Wildhüter im Mana-Pools-Nationalpark und hatte ihr zu ihrem Traumjob verholfen. Gemeinsam mit ihrem britischen Kollegen Phil kümmerte sie sich um die Elefanten, verfolgte ihre Fährten, studierte und dokumentierte ihre

Lebensgewohnheiten und erfasste jedes neugeborene Elefantenbaby. Sie vermisste nichts und war so ausgefüllt von ihrem schönen Leben, dass ihr die Suche nach einem Partner gar nicht in den Sinn kam.

Doch dann lief ihr Yakubu über den Weg in ihrem kleinen Lieblingscafé in Kariba-Town, der einzigen Kleinstadt im weiten Umkreis ihrer Farm. Er stand hinter dem Tresen und servierte ihr mit einem bezaubernden Lächeln den besten Kaffee ihres Lebens. Unverschämt gut sah er aus in seiner engen Jeans und dem blendend weißen T-Shirt mit dem knallroten Aufdruck „Malia – Harbour Café". Sie war hin und weg von seinem dezenten, beinahe etwas schüchternen Charme. Die meisten jungen Männer in der Gegend waren unglaubliche Machos, laut, grob und protzig, was Allison ziemlich abscheulich fand. Dieser hier schien ganz anders zu sein, und sie verliebte sich Hals über Kopf in ihn. Yakubu war wie sie 25 Jahre alt und vor kurzem aus Harare hierher zurückgekehrt. Er kam aus einfachen Verhältnissen und lebte nun wieder bei seinen Eltern und den fünf Geschwistern am Rande von Kariba-Town. Yakubu war froh, diesen, wenn auch schlecht bezahlten Job im Café ergattert zu haben.

Für Allisons Geschmack trafen sie sich viel zu wenig. Aber Yakubu hatte aus unerklärlichen Gründen gerade an den freien Wochenenden kaum Zeit und wich ihr immer wieder geschickt aus, wenn sie nachfragte. Sie wollte sich mit ihm nicht streiten und nahm es irgendwann einfach hin.

Doch heute hatte sie es geschafft, ihn zu einem gemeinsamen Wochenende zu überreden. Deshalb hatte Allison sich diesen besonderen Ausflug als Überraschung ausgedacht. Alles war sorgsam geplant. Der Nationalpark grenzte im Norden an den Sambesi, einen der gewaltigsten Flussläufe Afrikas. Entlang des Nationalparks floss er ruhig und breit ausladend vor sich hin. Die Flutebene trug in der Trockenzeit wenig Wasser und sie kannte eine wunderschöne, wie zu einer großen Halbinsel geschwungene Sandbank, an der sich am Flussufer ein Pool gebildet hatte. Gelegentlich zum Sonnenuntergang fand sich an dieser Stelle die ihr wohlvertraute Elefantenherde ein, um ihren Durst zu stillen und zu baden. Die Chance war groß, dass sie kommen würde, denn in der Trockenzeit brauchten die Tiere dringend Wasser und suchten die Nähe des Sambesi. Hinter dem Pool gab es eine weitere kleine Ausbuchtung, versteckt hinter hohen Gräsern und Buschwerk. Entlang des Ufers erstreckte sich ein kleiner Galeriewald aus Mopane-Bäumen. Allison mochte ihre schlanke, gerade gewachsene Gestalt. Ihre zweigeteilten, grünen Blätter erinnerten sie an die Fußspuren eines Kamels. Im Schutz der Mopane-Bäume konnten sie das kleine Zelt aufbauen und sich mit dem Kanu durch das Gras so dicht wie möglich der Sandbank nähern. Die Vorstellung, dieses Schauspiel gemeinsam mit Yakubu zu teilen, zauberte ein Lächeln auf ihr Gesicht.

Pünktlich um 10.00 Uhr traf sie mit ihrem kleinen Jeep vor dem Malia-Harbour Café ein. Yakubu wollte nicht, dass sie ihn von zu Hause abholte. Er hatte kein Gepäck dabei. Er war völlig ahnungslos, was sie mit ihm vorhatte. Als nach knapp zweistündiger Autofahrt die Hütte des Kontrollpostens am Eingang des Mana-Pools-Nationalparks auftauchte, veränderte sich die Stimmung im Jeep. Oder bildete sie sich das nur ein? Yakubu, der bis dahin fröhlich vor sich hingeplappert hatte, verstummte. Er wirkte plötzlich nervös und angespannt und beugte sich nach vorn,

72

um an ihrem Handschuhfach zu fummeln, als sie auf das etwas windschiefe Wellblechhäuschen zurollten. Was suchte er plötzlich dort? Als Allison ihn darauf ansprach, antwortete er nicht. Der Ranger erkannte Allison und winkte mit einem strahlenden Lächeln. Er ließ sie in den Park fahren, ohne dass sie sich, wie sonst üblich, in das Sicherheitslogbuch eintragen mussten. Yakubu war sichtlich erleichtert. Es kam ihr kurz der Gedanke, ob er vielleicht Probleme mit dem Schreiben hatte, aber dann vergaß sie das Thema ganz schnell wieder.

Während sie den Jeep sicher über die rotstaubige Straße mitten durch die Savanne des Nationalparks steuerte, unterhielt Yakubu sie wieder mit allerlei lustigen Geschichten. Die Straße, die in Richtung Sambesi führte, war voller Unebenheiten, Schlaglöcher und breit ausgefahrener Spurrinnen. Allison wusste sicher damit umzugehen. Sie beherrschte ihren kleinen Jeep ausgezeichnet. In der braunen, verdorrten Ebene der Savanne, die hier und da durchbrochen wurde von schirmförmigen Akazienbäumen und dickstämmigen, bizarr anmutenden Affenbrotbäumen, grasten ein paar Zebras. Wenig später erspähten sie sogar ein Löwenpärchen, das im Schatten eines Akazienbaums vor sich hindöste. Das Buschwerk, das die Savanne in weiten Teilen überzog, war jetzt in der Trockenzeit verdorrt und kleinwüchsig. Während der Regenzeit oder in Wassernähe am Sambesi konnte es jedoch bis zu zwei Meter hoch werden. Am frühen Nachmittag erreichten sie das Ufer des Sambesi. Sie breitete die Picknickdecke in Flussnähe aus. Gemeinsam stellten sie das Zelt zwischen den Bäumen auf. Bei Allison saß jeder Handgriff. Yakubu sah ihr fasziniert zu, wie sie sich inmitten der Wildnis mit einer solchen Sicherheit und Selbstverständlichkeit bewegte, als wäre sie im Busch aufgewachsen. Hätte ihre Haut nicht so ein zartes Hellbraun, sie würde mit ihren schwarzen, naturkrausen Haaren und ihren samtbraunen Augen glatt als Einheimische durchgehen.

Als Allison den reich gefüllten Picknickkorb öffnete, glaubte Yakubu, das Ziel der Reise erreicht zu haben, und es gefiel ihm. Es war mittlerweile später Nachmittag, als er sich satt und zufrieden auf der Decke räkelte und das Panorama des vor ihm liegenden Flussbetts genoss. Aber Allison legte sich nicht, wie erwartet, zu ihm, sondern sprang zum Jeep und zauberte ein grünes Faltkanu hervor. Nun erfuhr er, dass sie vorhatte, mit ihm Richtung Sandbank zu paddeln, um im dichten Gras auf eine Elefantenherde zu warten, die, so hoffte sie, in Kürze auftauchen würde. Yakubu hatte Mühe, seine Enttäuschung zu verbergen. Er hatte nicht viel übrig für diese grauen Riesen, und im Sambesi gab es Krokodile und Flusspferde. Die Vorstellung, den Tieren in einem winzigen Kanu zu nahe zu kommen, behagte ihm überhaupt nicht. Er wäre viel lieber mit dieser hübschen Frau auf der Decke liegen geblieben. Aber er wollte Allison nicht enttäuschen. So stiegen sie in das Kanu und paddelten vorsichtig durch das grasbewachsene Flachwasser, bis Allison eine geeignete Stelle gefunden hatte. Der Ausblick auf die Flussebene und die Sandbank war atemberaubend. Die Abendsonne hatte alles um sie herum in ein tiefrotes, warmes Licht getaucht, und die Elefanten ließen nicht lange auf sich warten.

Nahezu lautlos kamen die mächtigen Tiere mit ihren großen fächerartigen Ohren und ihren großen Stoßzähnen aus dem Busch, einer nach dem anderen. Allen voran erkannte

74

Allison Amai, die Leitkuh der Herde. Dicht neben ihr lief Maiti, ihr vor wenigen Monaten geborenes Elefantenmädchen. Amai war eine imposante Erscheinung. Sie hatte eine Schulterhöhe von drei Metern und gewaltige Stoßzähne. Dahinter folgten Thabo und Youma mit ihren dreijährigen Zöglingen Aleko und Ndume. Amai lief majestätisch ruhig und gemächlich auf die Sandbank zu, während der Rest der Herde sich noch im Hintergrund hielt. Kurz bevor sie das Ufer erreichte, blieb sie plötzlich stehen und drehte ihren gewaltigen Kopf in die Richtung, in der Allison und Yakubu im Gras versteckt im Kanu saßen. Mit aufgestellten, fächernden Ohren und hochgestelltem Rüssel näherte sie sich ihrem Versteck. Es schien, als habe sie die heimlichen Beobachter gerochen. Yakubu stockte der Atem, als dieser graue Koloss in ihre Richtung trabte. Aber dann drehte Amai unversehens ab Richtung Pool und hielt ihren Rüssel in das Wasser, um zu trinken. Das war das Signal für die anderen. Nun liefen sie alle los Richtung Wasser und der Badespaß im roten Abendlicht begann. Allison konnte kaum an sich halten vor Freude, während Yakubu es vorzog, die Wasseroberfläche und das Ufer im Auge zu behalten. Allison stieß ihn an und deutete voller Entzücken auf die noch mit abstehendem Babyfell behaarte Maiti, die mit unbeholfenen Bewegungen versuchte, es ihrer Mutter gleichzutun.

Plötzlich zerriss ein lauter Schuss die abendliche Stille. Die Elefantenherde geriet in Panik und Amai trompete schrill. Allison war vor Schreck hochgesprungen und hätte das Kanu fast zum Kentern gebracht, hätte Yakubu nicht sofort reagiert und es ausbalanciert. Amai wandte sich um, spreizte ihre Ohren zu riesigen Fächern auf, rollte den

Rüssel ein und rannte mit gesenktem Kopf in Richtung Busch, dahin, wo sie den Feind vermutete. Ein zweiter Schuss fiel und traf Amai mitten in die Stirn. Die mächtige Elefantenkuh stürzte tödlich getroffen in den Sand. Die übrige Elefantenherde, ihrer Leitkuh beraubt, lief unkoordiniert hin und her. Die kleine Maiti stand völlig verängstigt bei ihrer toten Mutter und gab herzzerreißende Laute von sich. Allison schrie vor Schmerz und Verzweiflung. Yakubu hatte Mühe, sie im Kanu zu halten. Sie war außer sich vor Entsetzen und konnte nicht begreifen, was da gerade geschah. Die Elefanten hatten in ihrer Panik mächtig Staub aufgewirbelt. Allison konnte kaum noch etwas erkennen. Yakubu brachte es irgendwie fertig, das Boot ans Ufer zu steuern, aber Allison wartete nicht, bis er anlegte. Sie sprang ins Wasser, watete zum Ufer und rannte zum Jeep. Ein weiterer Schuss hallte durch die Abenddämmerung. Youma starb. Die restliche Herde flüchtete in den Busch. Nur die kleine Maiti blieb bei ihrer Mutter.

Yakubu folgte Allison nur zögernd zum Jeep. Aufgeregt und blind vor Tränen suchte sie nach ihrem Funkgerät. Es lag immer griffbereit im Handschuhfach – aber da war es nicht mehr.

Kurz entschlossen startete sie den Jeep und raste los in die Richtung, aus der die Schüsse gekommen waren. Yakubu versuchte vergeblich, sie davon abzuhalten. Es dauerte nicht lange, bis sie in der Nähe der Sandbank waren. Allison sprang aus dem Jeep und stürzte los, ohne auf Yakubu zu achten. Sie hatte nur eins im Sinn – sie wollte zu ihren geliebten Elefanten.

Gedanken schossen wie Blitze durch ihren Kopf.

Was, wenn sie die Sandbank erreichte? Lief sie nicht geradewegs den Elefantenmördern in die Hände? Irgendwann würden sie auftauchen, um ihre Beute grausam zu verstümmeln, um an das kostbare Elfenbein zu kommen. Heiße Wut stieg in ihr hoch. Wie oft hatte ihr Vater davon erzählt, und wie oft hatte sie nichts davon hören wollen. Jetzt konnte sie nicht mehr weghören, nicht mehr wegschauen. Sie war mitten drin! Amai und Youma waren tot. Aber Maiti lebte noch! Sie galt es zu retten. Irgendwie musste sie es schaffen, das Vertrauen des kleinen Elefantenbabys zu gewinnen, es wegzulocken von der toten Mutter, weg von der Sandbank, bevor die Wilderer kamen. Elefanten haben einen ausgeprägten Familiensinn. Sehr oft kehren sie zurück zu ihren toten Angehörigen, um zu trauern, aber wann? Allison wusste auch, dass manchmal andere Elefantenkühe ein verwaistes Baby aufnehmen. Aber sicher war das nie. Und wenn die Herde zurückkäme, könnte Maiti überhaupt Schritt halten mit den anderen – ohne Mutter? Allein im Busch hätte sie keine Überlebenschance. Plötzliche Zweifel überfielen Allison. Noch nie hatte sie davon gehört, dass ein Elefantenbaby einem Menschen gefolgt war. Völlig absurd dieser Gedanke! War ihr Vorhaben nicht schon von vornherein zum Scheitern verurteilt? Dennoch! Sie konnte Maiti unmöglich ihrem Schicksal überlassen. Das würde sie sich nie verzeihen. Also musste sie das Unmögliche versuchen. In der Nähe von Harare gab es eine Auffangstation für Elefantenbabys. Dorthin könnte Maiti gebracht werden. Wenn sie ihr nur folgen würde bis zur nächsten Ranger-Station!

Doch wie sollte das gehen? Sie konnte nicht gleichzeitig Hilfe holen und Maiti bewachen.

Yakubu! Er könnte Hilfe holen – aber ohne Funkgerät? Wo war das Funkgerät? Hatten Wilderer es aus ihrem Jeep gestohlen, während sie mit Yakubu auf dem Fluss… Woher wussten sie überhaupt … Hatte Yakubu etwa… er war so verändert, als sie das Wärterhäuschen passierten… Schweißperlen rannen über ihr Gesicht oder waren es Tränen?

Yakubu?!

Sie hielt inne und drehte sich um. Er war ihr nicht gefolgt! Sie war allein, genau wie Maiti, die noch immer bei Amai stand und den leblosen Körper ihrer Mutter mit ihrem kleinen Rüssel abtastete, als wollte sie sie wieder aufwecken. Allison sank in die Knie! Alles, was so schön begonnen hatte, war endgültig vorbei. Die Nacht brach herein – eine Nacht, die so nie wieder sein würde und noch nie so war. Oder war all das nicht schon immer so? Hatte ihr verliebter, konfliktscheuer Kopf ihre Sinne vernebelt?

In dieser Nacht spürte sie Nalas Nähe wie nie zuvor. Sie hatte ihr eine Geschichte erzählt:

„Was siehst du? fragte der König den Gnom, der neben ihm auf der Burgmauer stand. Der Gnom lächelte ein glückliches Lächeln. Mein König! Über dein Land hat sich ein nachtblaues Tuch gespannt, auf dem tausende und abertausende Sterne funkeln! Der König lächelte ebenfalls – aber es war ein anderes Lächeln – der König war blind."

War sie der blinde König? Aber wer war dann der Gnom?

Es war sieben Uhr morgens. Allison war aufgewacht! Einen Tagesmarsch entfernt befand sich die nächste Ranger-

78

Station. Dort konnte sie auf Hilfe hoffen. Es würde kein einfacher Weg werden, und es war gefährlich, durch die Wildnis zu laufen, noch dazu mit einem Elefantenbaby! Aber sie wollte es versuchen! Sie drehte sich noch einmal um und schaute auf die Flutebene des Sambesi.

„Wasser gibt seinen Weg nicht auf und wird nie müde vom Laufen", hörte sie Nala sagen.

Strandgeschenke

Yannick

„Oma, guck mal, ich hab' dir was aus dem Urlaub mitgebracht. Am schönsten war es in Dänemark am Strand. Und von da hab' ich dir einen Gummihandschuh mitgebracht. Den habe ich im Sand gefunden. Der ist noch ganz heil und schön rot. Das ist doch deine Lieblingsfarbe. Und du liebst Putzen und ziehst dabei solche Handschuhe an."

Oma

In diesen knallroten Gummihandschuh, den Yannick mir mitgebracht hat, passt meine rechte Hand ungefähr drei Mal rein. So ein altes, nach Fisch riechendes Ding, das wer weiß wie lange durch die Nordsee geschwommen ist, gefällt mir als Geschenk nicht besonders. Aber dann wird mir klar, dass Yannick mir wirklich eine Freude machen will. Er hat mich gut beobachtet und gesehen, dass ich gerne mit Gummihandschuhen und Schwamm in der Seifenlauge hantiere und alle Flächen mit einem ordentlichen Schwall Wischwasser blitzblank putze. Und Rot ist tatsächlich meine Lieblingsfarbe. Ich freue mich, dass mein kleiner Enkel sich so viele Gedanken über mich macht.

Meiner Schwiegertochter Ingrid ist dieses Geschenk so richtig unangenehm. Sie wird sogar ein bisschen rot. Da kann ich mir ein Grinsen nicht verkneifen. Bei ihr muss alles perfekt, neu und teuer sein. Mit alten, oft benutzten Dingen, die ihre eigene Geschichte haben, kann sie nichts anfangen. Ich nehme den Handschuh entgegen, gebe ein unartikuliertes „Hmmmh" von mir und nicke Yannick aufmunternd zu. Er redet sofort weiter. Wenn er erst mal ins Erzählen kommt, kann ihn nichts stoppen, und so habe ich noch Zeit, mich zu entscheiden, was ich zu meinem „Geschenk" sagen soll.

Yannick
„Oma, weißt du, Anna-Lena und ich konnten da am Strand richtig toll spielen. Es war schon zu kalt zum Baden, aber wir haben Sachensuchen gespielt. Kennst du das? Das ist wie bei Pippi Langstrumpf. Und es war so beides, also Sachensuchen und Schatzsuche. Soll ich dir mal sagen, was wir für tolle Schätze gefunden haben?"

Oma
Ich kann mich kaum noch zusammenreißen: Jetzt ist es mit Ingrids Selbstbeherrschung vorbei. Sie atmet tief ein und lässt die Luft ganz laut wieder herauszischen. Da haben sie einen superteuren Urlaub im Luxushaus mit Pool gebucht, und die Kinder sind begeistert dabei, im Spülsaum Schätze aus Plastikmüll zu suchen. Ich zwinkere ihr zu, damit sie ruhig bleibt und Yannick weiter erzählen lässt. Ich will jetzt schließlich wissen, was sie noch alles gefunden haben.

Yannick
„Anna-Lena und ich haben sogar zwei heile Strandlatschen gefunden. Einer war zwar nur blau, aber der andere war rosa und es klebten noch Glitzersterne drauf. Damit konnte Anna-Lena richtig Prinzessin spielen. Wir haben auch noch viel Putzzeug aus dem Seegras gepult. Das hätte dir bestimmt auch gefallen. Es gab einen Schrubber mit lila Borsten und Lappen und Schwämme und eine volle Flasche

Meister Proper. Die wollte ich dir mitbringen, aber Mama hat's verboten. Du bist doch nicht enttäuscht, oder?"

Oma
Ich schüttle entschieden den Kopf. Das reicht Yannick als Aufforderung zum Weiterreden.

Yannick
„Und dann kam der totale Hammer. Echt Abenteuer! Ich hab' den dunklen Klumpen am Wasser zuerst entdeckt. Ich bin hin. Weißt du, was das war? Das war ein echter Wal. Ich wollte ihn mit den Gummistiefeln wieder zurück ins Meer schieben, aber dann kam Papa und hat gesagt, das ist zu spät. Der Wal war schon tot. Da war ich echt traurig. Man konnte gar nichts sehen. Da steckte keine Harpune drin wie bei Moby Dick, und der hatte sich auch nicht in einem Netz verfangen. Aber tot war er trotzdem. Er hat schon ein bisschen gestunken. Papa hat bei den Naturschutz-Leuten angerufen und Bescheid gesagt. Später kam ein Mann und hat den Wal angeguckt. Er hat Fotos gemacht und die Länge gemessen. Dann hat er ihn umgedreht. Der Wal sah von unten ganz verfault aus. Der Mann hat gesagt, dass das nur ein kleiner Wal ist - und schon ziemlich verrottet. Die verrotteten Wale nehmen sie nicht mit zum Untersuchen. Die bleiben am Strand liegen, damit sie wieder Futter für die Möwen und andere Tiere werden. Und dann hat der Mann mir sogar auf Deutsch erklärt, dass sie meistens nicht wissen, warum die Wale gestorben sind. Aber jetzt haben die Forscher was ganz Neues rausgefunden. Viele Seehunde und Wale und auch Delphine bekommen beim Fressen manchmal Plastik in den Bauch, weil im Meer so viel Plastik

schwimmt. Und wenn sich im Bauch so viel Plastik ansammelt, kriegen die Wale Bauchweh und dann sterben sie daran. Und wir sollten echt aufpassen, dass wir keinen Müll in die Landschaft werfen. Und am besten sollten wir erst gar nicht so viel Plastik kaufen und alle Sachen so lange wie möglich benutzen. Da habe ich gesagt, dass meine Oma das genauso macht und darum hab ich dir ja auch den roten Handschuh mitgebracht."

Oma

Ich sehe Ingrid an, dass sie nicht gern an dieses Ereignis erinnert werden will. Ihr wäre es lieber gewesen, die Kinder hätten schön im Pool geplantscht und draußen nicht so genau hingeguckt. Ich bin ganz schön stolz auf meinen kleinen Enkelsohn. Er ist erst 8 Jahre alt und kriegt schon so viel mit. Ich kann mir nicht helfen, ein bisschen Schadenfreude ist auch dabei. Ingrid wirft mir immer vor, dass ich alles benutze, bis es auseinanderfällt. Von Sparsamkeit und erst recht Umweltbewusstsein hat sie noch nie etwas gehört.

Ich weiß auch nicht, welches Teufelchen mich reitet, es platzt einfach aus mir heraus:

„Lieber Yannick, ich freue mich ganz riesig über den schönen, roten Putzhandschuh. Und wenn ihr in den Osterferien wieder ans Meer fahrt, dann solltest du deiner Mutter auch so etwas Schönes schenken. Sie liebt doch Grün.

Vielleicht findest du einen Schrubber mit grünen Borsten und grüne Gummihandschuhe. Darüber freut sie sich bestimmt. Was meinst du?"

Yannick
„Ja, super, Oma! Das ist eine gute Idee. Das mache ich!"

Oma
Yannick strahlt. Ich lächle Ingrid freundlich zu und sehe, dass ihre Augen vor unterdrückter Wut funkeln.

Seelensplitter

Die Turmuhr schlug ein Uhr Mittag. Es wurde Zeit aufzustehen. Die Mittagsruhe hatte Bobby gut getan. Bobby reckte und streckte sich ausgiebig, setzte sich auf und hielt sein Gesicht in die Mittagssonne, die durch das große Fenster in sein Zimmer schien. Zu dieser Jahreszeit war sie schon angenehm warm. Im Spiegel zeigte sich ein Mann mittleren Alters, schlank, hochgewachsen, mit stechend blauen Augen. Sein schwarzes, schon leicht ergrautes Haar hatte er stets akkurat nach hinten gekämmt und zu einem kurzen Pferdeschwanz gebunden.

Bobby beschloss, in den groß angelegten Garten zu gehen und sich dort ein wenig nützlich zu machen. Rasch nahm er seine Flanelljacke vom Stuhl, zog sie über, ging zur Tür, legte die Hand an die Klinke und blickte sich noch einmal um. Das tat er immer, bevor er den Raum verließ. Alles lag an seinem gewohnten Platz. Gut! So sollte es sein!

Bobby brauchte einfach Ordnung im Leben. Alles andere war Gift für ihn. Er verließ das Gebäude und trat durch die schwere, holzverkleidete Außentür ins Freie. Würzige Frühlingsluft stieg ihm in die Nase, belebte und erfrischte seinen Geist. Er nahm ein paar kräftige Atemzüge, schlug den Kragen seines Hemdes hoch und machte sich auf den Weg in Richtung Gemüsegarten.

Eigentlich war es nur ein überschaubares, kleines Beet, das er mit Hilfe seiner freundlichen Nachbarin Paulette angelegt hatte. Kennengelernt hatten sie sich, kurz nachdem er hierhergezogen war und mittlerweile war sie ihm eine richtige Freundin geworden. Immer wenn es ihre Zeit zuließ, trafen sie sich beim Pavillon und unterhielten sich über Gott und die Welt, tauschten Leselektüre oder arbeiteten im Garten. Das Beet war richtig hübsch geworden. Akkurat und ordentlich, so, wie es sein sollte. Sie hatten es in mehrere, gleich große Abschnitte eingeteilt. Alles sah aus wie mit dem Lineal gezogen. Kein Wunder, Bobby war ja auch maßgeblich daran beteiligt gewesen. Noch gab es nicht allzu viel, was hier wuchs. Nur ein paar Radieschen und Kräuter. Ja, und ein paar Möhren mühten sich redlich um Aufmerksamkeit. Trotzdem musste man sich kümmern. Und das tat Bobby mit Hingabe. Er zupfte einige Unkräuter, die es gewagt hatten, über ihre Grenzen hinauszuwachsen. Harkte hier und da ein wenig Erde gerade und ärgerte sich über einen Maulwurfshügel, der in allzu bedrohlicher Nähe des Beetes aus dem Boden lugte. So verbrachte Bobby fast meditativ den größten Teil des Nachmittags. Ein Knurren schreckte ihn auf. Verwirrt blickte er sich um. Da war es wieder. Die Erkenntnis folgte auf dem Fuß und erleichtert atmete er auf. Er kannte dieses Knurren nur zu gut. Es war sein Magen und er sprach zu ihm, verlangte nach Gehör und danach, umgehend versorgt zu werden. Bobby sah auf die Uhr, schon vier. Er hatte gar nicht bemerkt, wie schnell die Zeit verstrichen war. Ein ziehender Schmerz im Hinterkopf ließ ihn zusammenfahren. Unwillkürlich zuckte seine Hand zu der Stelle und vorsichtig strich er darüber.

„Verdammt!", dachte er „ich hatte gehofft, das alles hinter mir gelassen zu haben." Diese elenden Kopfschmerzen. Die ganze letzte Woche war es ihm doch so gut gegangen, er hatte sogar die Medikamente weglassen können. Vielleicht war er nur zu lange in der Sonne gewesen. Kein Grund zur Sorge. Er würde einfach eine Pause einlegen, einen schönen heißen Kaffee trinken, dazu ein leckeres Stück Kuchen. Ja, genau das würde er machen.

Behutsam stellte er die Gerätschaften, die er zuvor aus dem angrenzenden Lagerschuppen geholt hatte, an einen Baum und machte sich auf den Weg zum Haupthaus. Die Pause hatte er sich redlich verdient.

Ungefähr eine Dreiviertelstunde gönnte Bobby sich, dann stand er auf, verließ den Tisch, an dem er zuvor die schwarze, dampfende Flüssigkeit genossen hatte. In der Tasse blieb nur eine seichte Pfütze übrig.

Der Tag neigte sich langsam aber sicher dem Ende entgegen, bald würde es richtig kalt werden. Hoffentlich gab es keinen Nachtfrost. Er würde noch schnell die Geräte holen und in den Schuppen zurückbringen und dann…

Wie vom Donner gerührt blieb er stehen, sein Unterkiefer klappte herunter und er starrte mit weit aufgerissenen Augen ungläubig auf die Szenerie vor seinen Füßen.

Sein Beet, das er so akkurat gepflegt hatte, in das er so viel Herzblut gelegt hatte…zerstört…verwüstet. Alles glich einem heillosen Durcheinander. Sämtliche Pflanzen einfach aus der Erde gerissen. Sterbend lagen sie zu seinen Füßen, wild verteilt auf dem nackten Erdboden. Hier gab es keine gerade Linie mehr.

Schockiert und fassungslos stand Bobby da. Der pochende Schmerz in seinem Hinterkopf meldete sich erneut. Hilflos sah er sich um. Wer konnte das nur gewesen sein? Wer würde so etwas tun?

Es fiel ihm wie Schuppen von den Augen. Bobby wusste nur allzu gut, wer dazu fähig wäre. Tom. Ja, kein anderer als Tom. Er musste es gewesen sein. Allein der Gedanke an ihn, ließ in Bobby die alte Wut wieder hochkommen. Tom, dieser

Name war wie eingebrannt in seinem Kopf. Immer wenn etwas gut lief für ihn, tauchte Tom auf und machte alles kaputt. Warum nur? Warum war das so? Was hatte Bobby ihm nur getan?

Bobby hatte das Gefühl, schon sein halbes Leben von diesem unheimlichen Schatten verfolgt zu werden; immer mal wieder tauchte er auf und immer zu den unpassendsten Gelegenheiten und noch nie hatte Tom sich erwischen lassen. Er war einfach zu flink, zu gerissen, dieser hinterhältige Kerl. Aber jetzt hatte er den Bogen überspannt, Bobby würde sich das nicht mehr gefallen lassen. Er würde Maßnahmen ergreifen und zwar sofort.

Suchend blickte er sich um. Doch es war niemand zu sehen, die Parkanlage schien wie leergefegt. Nein! Nicht ganz. Dort hinten beim Pavillon saß jemand.

Schnellen Schrittes machte sich Bobby auf den Weg in diese Richtung. Als er näher kam, erkannte er Paulette. Sie saß in eine warme Wolljacke gewickelt auf einer Bank und las in einem dicken Wälzer.

„Paulette! Paulette!", rief Bobby vollkommen außer sich. Erschrocken sah sie auf, legte rasch das Buch zur Seite und legte Bobby beruhigend die Hand auf den Arm. Sein Körper verkrampfte sich, so sehr setzte ihn das Geschehen unter Spannung.

„Bobby, was ist los? Rede mit mir. Warum bist du derart aufgeregt?"

„Unser Gemüsebeet.", stieß er hervor.

„Ja, was ist damit?"

„Zerstört! Jemand hat alles kaputt gemacht!"

88

„Waaaas? Aber, aber das kann doch nicht sein! Wer sollte so etwas Gemeines tun?" Nun war auch Paulette ganz aus dem Häuschen.

„Na, wer schon?", entfuhr es Bobby. „Ich kenne nur einen einzigen, der so etwas tun würde. TOM, natürlich. Es war TOM!"

Der Klang seiner Stimme verursachte Paulette ein gewisses Unbehagen. Er machte ihr sogar ein wenig Angst.

„Sag, hast du irgendjemand anderen als mich heute beim Beet gesehen? Irgendjemand?"

Paulette überlegte angestrengt: „Nein, da war niemand. Aber ich habe auch nicht unentwegt hingesehen. Weißt du, das Buch hier, in dem ich gerade lese, ist so unglaublich spannend. Und überhaupt, wie sollte er denn hier hereingekommen sein?"

„Ich weiß es nicht, Paulette. Ist mir auch schleierhaft, aber ich bin mir sicher, er war es und ich werde das nicht länger dulden, glaub mir. Es reicht mir endgültig!"

„Aber was willst du denn tun?", verlangte Paulette zu wissen. „So beruhig´ dich doch erstmal Bobby. Bobby….?"

Aber Bobby hörte sie schon gar nicht mehr. Seine Gedanken kreisten um die eine Person. Tom. Er war wie besessen.

Seine Hände ballten sich zu Fäusten, als er sich wutentbrannt umwandte und mit zusammengepressten Lippen auf das Eingangsportal zuschritt. Schmerzhaft hämmerte es hinter seinen Schläfen.

Dieser hinterhältige Mistkerl. Er hatte es gewagt, ihn auch hierher zu verfolgen. Hierher, in Bobbys heilige Hallen.

Nahm dieses Katz-und-Maus Spiel denn nie ein Ende? Warum nur machte dieser Tom ihm das Leben so schwer? Und warum konnte man ihn nicht fassen?

Bobby erinnerte sich an vergangene Tage, sein erstes Zusammentreffen mit ihm. Damals malte er gerade an einem seiner Bilder. Ja, damals hatte Bobby noch sein eigenes Atelier. Er war ziemlich zufrieden mit dem Ergebnis seines künstlerischen Schaffens und seiner Pinselfertigkeit. Aufgrund seiner Kopfschmerzen wollte er sich jedoch eine kurze Pause gönnen.

Wie dem auch sei, als Bobby in sein Atelier zurückkehrt war, um den letzten Pinselstrich zu tätigen und sein Werk der Vollendung zuzuführen, hatte sich jemand Unbekanntes Zutritt zu seinen Räumen verschafft und sein Werk zerstört. Sein wundervolles Kunstwerk war einem Vandalen zum Opfer gefallen. Überall auf der Leinwand rote und grüne Spritzer, ebenso gelbe Schlieren, vereint zu einem bizarren Muster. Das einstmals Blaue des Himmels glich nunmehr einer braunen Brühe. Außer sich vor Wut nahm Bobby ein Cuttermesser und zerschnitt sein geschändetes Werk in kleine Stücke.

Damals wie heute blieb der Täter unauffindbar. Und von diesem Zeitpunkt an wiederholten sich die mysteriösen Anschläge mehr oder weniger regelmäßig. Bobby hatte dem Phantom der Einfachheit halber einen Namen gegeben. Er entwickelte sich langsam aber sicher zu seinem ganz persönlichen Albtraum, der Name TOM war geboren.

Er hatte angenommen, hier nun endlich vor diesen Übergriffen geschützt zu sein. Weit weg von seinem ursprünglichen Wohnort. Diese Wohnanlage war gut gesichert. Eine hohe Mauer, vergitterte Tore und Wachpersonal rund um die Uhr. Immer noch außer sich vor Wut und mittlerweile auch außer Atem von dem schnellen

90

Marsch stieß er die Eingangstür auf. Suchend blickte er sich um. Niemand zu entdecken.

„Wo sind die nur alle, wenn man sie braucht? Wo ist der Hausmeister oder jemand vom Personal?"

Bobbys Blick fiel auf die Fensterflächen in der Eingangshalle, sie reichten fast vom Boden bis zur Decke. Ein wenig verzerrt nahm er sein Spiegelbild darin wahr. Bobby blinzelte. Aber da war doch noch jemand zu sehen, unscharf, aber das musste er sein. TOM, er war es, ganz sicher. Rasch blickte er sich um. Niemand! Verdammt! Hatten seine Augen ihm einen Streich gespielt? Konnte dieser Mistkerl tatsächlich so flink sein?

Aber statt TOM, kam Patrick um die Ecke, er war einer der Angestellten dieser Institution. Ein wahrer Hüne, kahlgeschoren und muskulös. Sein Aussehen ließ einen die Vermutung anstellen, dass er für irgendwelche olympischen Meisterschaften trainieren würde und der blaue Overall, den er trug, schien nicht in der Lage zu sein, solche Muskelmassen zu beherbergen.

„Hey, Bobby!", rief er fröhlich. „Wie geht es Ihnen denn heute?"

„Patrick! Gut, dass ich Sie hier treffe. Sie glauben nicht, was gerade passierst ist!" Bobbys Stimme klang immer noch aufgebracht. Ohne Luft zu holen erzählte er seinem Gegenüber in Blau, was sich gerade im Garten zugetragen hatte.

Patrick blickte ihn besorgt an, als er fragte: „Haben Sie wieder Kopfschmerzen?"

Diese Frage verwirrte Bobby ein wenig. „Aber was hat das denn jetzt damit zu tun? Ich kann Ihnen gerade nicht folgen, aber ja, wenn das so wichtig für Sie ist…bitte. Ich gebe zu, ich habe wieder leichte Kopfschmerzen."

Das war glatt gelogen, denn das Hämmern hinter Bobbys Schläfen ließ ihn glauben, sein Schädel müsse explodieren.

„Haben Sie Ihre Medikamente auch regelmäßig genommen?", wollte Patrick wissen. „Erinnern Sie sich, das sind die kleinen Grünen, die immer auf Ihrem Nachtisch liegen?"

„Nun", Bobby druckste ein wenig herum „in der letzten Zeit ging es mir wirklich gut und da habe ich mir überlegt, dass es doch auch ohne die Dinger gehen müsste."

„Alles klar", sagte Patrick ruhig zu ihm, legte eine seiner riesigen Pranken auf Bobbys Schulter und dirigierte ihn in den Flur hinunter.

„Wir werden jetzt in Ihr Zimmer gehen und die Tabletten holen. Es ist sehr wichtig, dass Sie die wieder regelmäßig nehmen."

„Aber,…", begehrte Bobby auf.

„Nichts aber!" Patricks Stimme erlaubte keinen Widerspruch. „Sie nehmen jetzt Ihre Pillen und ich kümmere mich um diesen TOM. Sie brauchen sich darüber wirklich keine Sorgen mehr zu machen."

92

BESONDERE PERSÖNLICHKEITEN

Wenn wir auf einer Veranstaltung, einer Party, beim Einkaufen oder Spazierengehen jemanden treffen und uns unterhalten, kann ein kurzes Gespräch eine spannende Begegnung sein, die uns über Monate im Gedächtnis bleibt. Es gibt Sätze, Gesprächsfetzen oder Bilder, die uns nicht loslassen. Aber wann passiert das? Warum bleibt uns ein kurzer Austausch mit einem entfernten Bekannten oder der Anblick eines fremden Menschen im Gedächtnis, während wir so viel anderes vergessen oder andere Gespräche als Smalltalk empfinden?

In vier Geschichten treffen wir auf Persönlichkeiten, die uns mit ihren Gedanken, Eigenschaften, ihrer Ausstrahlung und auch ihren Ängsten und Schwächen nahe kommen. Vielleicht finden wir nicht alle Figuren sympathisch; manche sind furchteinflößend, andere eher ängstlich; strahlende Helden suchen wir in diesen Texten vergebens. Alle vier Geschichten haben aber eins gemeinsam: die Figuren lassen uns Leser sehr nah an sich heran. Wir lernen Persönlichkeiten kennen, die uns z. T. in unserem realen Leben gar nicht hätten begegnen können. Die alten Fragen tauchen auf: Wer und wie sind wir wirklich? Was macht die anderen anders? Was macht sie und uns liebenswert und was eher nicht? Was ist überhaupt eine Person, was eine Identität? Vom Smalltalk sind wir da schon mal meilenweit entfernt...

Persönliche Schwachstellen

Seid gegrüßt und herzlich willkommen in meiner Erzählung!

Ich bin doch einigermaßen erstaunt über die Tatsache, dass sich so viele von euch eingefunden haben, und das nur, um einer Anekdote aus meinem, nennen wir es mal, Dasein, hier auf der Erde, zu lauschen. Gut, dann will ich nun auch keine Zeit mehr mit Höflichkeitsfloskeln verschwenden und zur Sache kommen. Doch wo beginne ich am besten? Ich finde es immer schwer, einen Anfang zu finden. Oft falle ich von einer Grübelei in die nächste, nur um die passenden Worte zu finden. Verliere mich in wirren Gedankenspielen. Einer meiner Schwachpunkte, muss ich zugeben.

Es liegt nun schon ein paar Jahre zurück, aber was bedeuten schon ein paar Jahre? Zeit ist in meiner Branche nicht wirklich relevant. Bedeutungslos sozusagen. Ein Abend wie jeder andere auch, nur für mich sollte er etwas Besonderes werden. Mein erster freier Abend seit gefühlten Jahrhunderten. Wann hatte es das schon mal gegeben, so ganz ohne Verpflichtungen? Workaholic, der ich bin. Ganz zu meiner freien Verfügung sollte der Abend stehen. Ich beschloss, auf eine Party zu gehen, die es in Großstädten ja mehr als genug gibt. Es sollte auch nicht irgendeine Party sein. Nein, ich entschied mich für eine mit vielen prominenten Gästen, wennschon - dennschon.

Wenn ich es mir recht überlege, bin ich auch eine prominente Persönlichkeit. Jeder kennt mich, keiner mag mich. Oder nur ein paar wenige Ausnahmen. Ich werde gemieden, gefürchtet, ignoriert und einige versuchen sogar, mich zu hintergehen. Aber ich komm' klar damit. Mag sein, viele halten mein Aussehen vielleicht für erschreckend, bin ich doch eine recht skurrile Erscheinung. Groß, schlank, um nicht zu sagen: hager. Mit eingefallenen Wangenknochen, wie man eben so aussieht als, aber dazu später.

Die Party! Ich beehrte also besagte Festivität mit meiner Anwesenheit, allerdings erst zu fortgeschrittener Stunde. Ich hatte keine Lust auf ein langweiliges Vorabendprogramm, in dessen Rahmen einigen Stars und Sternchen eine glatzköpfige, goldene Figur verliehen wurde, die wiederum einen eigenen Namen trug. Wie war der noch gleich? Odin? Odo? Oder Oskar? Ach egal, nicht wichtig. Hab' eh nie verstanden, welchen Sinn dieses ganze Theater haben sollte.

Ich gesellte mich also unter das grellbunte Volk, meine Gestalt verhüllt von einem weiten Kapuzenmantel. Man müsste meinen, ich wäre dort aufgefallen. Aber seid versichert, niemand sieht mich, wenn ich es nicht will. Die Festivität war wirklich beeindruckend. Überall, wo man hinsah, herrschte ausgelassenes Treiben und lautes Gelächter. Eine extravagante Maskerade. Ein Meer aus bunten Fischen, die sich im lauen Wasser des Ozeans zwischen Korallen tummelten. Nur hier floss bächeweise der Alkohol.

Auch so eine Schwäche von mir. Nicht, dass ich mich zu solchen Gelegenheiten dem Suff ergeben würde, aber den ein oder anderen Drink gönne ich mir doch.

Ich blickte also ein wenig gedankenverloren und genießerisch einen Drink schlürfend in die Runde. Nicht weit von mir stand Chris. Eine wirklich imposante Erscheinung der menschlichen Gattung, wahrlich. Ich mochte seine Filme, besonders die Darstellung des Gottes Thor war ihm wirklich gelungen. Götter und Helden! Ja, darauf standen die Menschen. Auch so eine Eigenart, die ich nie verstanden habe.

Gerade betrat Mr. Pitt den überfüllten Saal. Ich war der Meinung, für seinen Film „Rendezvous mit Joe Black" hätte er an und für sich auch eine dieser glatzköpfigen Figuren verdient, aber dafür hätte wohl ich in der Jury sitzen müssen. Ich prostete ihm zu, er jedoch nahm meine Gegenwart nicht einmal wahr. Nichts Neues für mich.

An einem der stilvoll gedeckten Tische saß Mr. Williams. Er blickte immer wieder angestrengt, wohl auch ein wenig verstört, in meine Richtung. Sein Auge versuchte etwas zu fassen, was nicht gefasst werden wollte. Noch nicht jedenfalls, noch war es nicht an der Zeit. Ich wandte mich ab und steuerte auf den Ausgang zu, zurück blieb ein verwirrter Ausdruck auf Mr. Williams' Gesicht, der ihn den ganzen Abend nicht wieder verlassen sollte.

Draußen war es weitaus angenehmer als in dem mit lautem Geschnatter gefüllten Saal. Ich beschloss, mir ein wenig die Beine zu vertreten und schlenderte ziellos und in Gedanken versunken durch die kleinen Seitenstraßen.

Urplötzlich schrak ich auf. Ein herzergreifendes Miauen zerriss die laue Nachtluft. In einiger Entfernung auf dem Gehweg saß, ängstlich zitternd, ein jämmerlich fiependes Katzenbaby.

So etwas Süßes hatte ich schon lange nicht mehr gesehen, und es war sogar in meiner Lieblingsfarbe. Champagner mit einem leichten, pudrigen Sandton!

Nachdem ich mich aus meiner Verzückung gelöst hatte, erkannte ich den Grund für das ängstliche Verhalten der kleinen Pelzkugel. Der große massige Körper eines knurrenden und zähnefletschenden Schäferhundes baute sich vor

96

dem winzigen, unschuldigen Wesen auf. Geifer tropfte von dessen Lefzen. Und mein Herz fing an zu bluten …

Nein, technisch gesehen, geht das bei mir natürlich nicht, aber genauso und nicht anders musste sich das anfühlen, da war ich mir sicher. Noch so eine Schwäche. Mitleid! Und die daraus resultierende Intoleranz. Wie sagt man noch gleich dazu? Ach ja, ein zu weiches Herz!

Auch wieder etwas, was aus rein technischer Sicht nicht möglich ist, aber so manches Mal eben das bestimmte, was ich tat und im Prinzip besser nicht hätte tun sollen. So auch jetzt.

Ich wusste genau, es war ein Fehler, aber ich konnte nicht anders. Ich schob also meine Kapuze zurück und blickte dem vor Gier sabbernden Angreifer direkt in die Augen. Ihm blieb nichts anderes übrig, als meinen Blick zu erwidern. Sein angsterfülltes Winseln klingt mir heute noch in den Ohren. Die Rute zwischen die Hinterläufe geklemmt machte er auf dem Absatz kehrt und verschwand in einem mordsmäßig uneleganten Galopp hinter der nächsten Hausecke. Ja, auch auf Tiere hatte ich mitunter eine furchteinflößende Wirkung. Doch dieses kleine Pelzknäuel, das sich gerade schmusend um meine Beine wickelte, schien das nicht zu stören.

Ich hob das Kätzchen hoch und blickte in zwei kullerrunde, glänzende Knopfaugen. „Nein, wie goldig!"

Es rollte sich in meinen Händen zusammen und fing an zu schnurren. Putzig war das. Auf keinen Fall konnte ich dieses hilflose Etwas allein seinem Schicksal überlassen. So lag der Entschluss nahe, das Kleine mit mir zu nehmen. Behutsam steckte ich es in die geräumige Innentasche meines Umhanges.

Wie gesagt, ich wusste, es würde nicht lange ohne Folgen bleiben. Und wie auf Bestellung spürte ich dieses wohlvertraute Ziehen in meiner Brust, das immer dann eintrat, wenn mein Erscheinen vonnöten war bzw. es Arbeit für mich gab. Gerne hätte ich es dieses eine Mal ignoriert, das könnt ihr mir glauben. Das war aber nun mal nicht möglich, denn mein Job verlangte hundertprozentige Pflichterfüllung. Das war`s also mit meinem freien Abend.

Eilends machte ich mich zum Ort des Geschehens auf. Tatsächlich erwartete mich dort das Resultat meiner vorschnellen Handlung.

„Dieser dämliche Köter", entfuhr es mir. Falls sich einige Hundebesitzer angesichts meiner Ausdrucksweise auf den Schlips getreten fühlen, möge man mir das nachsehen. Aber in dem Augenblick, als ich dieses Chaos vor mir sah, konnte ich nicht anders, als diese dumme Riesentöle zu verfluchen. Obwohl meine Person ja nicht ganz unschuldig war an dem Geschehen.

Auf seiner halsbrecherischen Flucht war diese Ausgeburt der Hölle quer über eine viel befahrene Straße gelaufen und hatte dabei eine Massenkarambolage verursacht, bei der es auch einige Todesopfer zu beklagen gab. So ungefähr ein halbes Dutzend konnte ich zählen. Das schrie förmlich nach Überstunden. Nicht lange und ich fand mich umringt von der Schar ihrer Geistkörper. In ihren bleichen Gesichtern herrschte ein Ausdruck von Unglauben, ein Nichtverstehen. Ich griff in meine Manteltasche, holte eine vergilbte Papierrolle hervor und fragte jeden einzelnen der anwesenden Geister nach seinem Namen. Nicht einer davon stand auf meiner Liste.

„Na, toll", dachte ich, „da hab' ich ja einen schönen Schlamassel angerichtet."

Doch Jammern half hier so rein gar nichts. Was macht man also mit den Geistern von sechs Toten, deren Lebensuhr eigentlich noch nicht abgelaufen ist und die somit auch noch nicht das Anrecht auf einen Platz im Jenseits haben? Zum damaligen Zeitpunkt wäre ich für hilfreiche Ratschläge mehr als dankbar gewesen.

Nun, im Klartext hieß das für mich, ich musste ein paar der Zimmer in meiner eigenen Residenz zu Gästezimmern umfunktionieren. Nur so lange allerdings, bis der ganze Behördenkram erledigt war, was erfahrungsgemäß schon eine Weile dauern konnte. Mir behagte diese ganze Sache ganz und gar nicht, ich war lieber für mich alleine.

Besonders nach einem stressigen Arbeitstag, der nicht, wie bei Ottonormalverbrauchern üblich, eine geregelte Arbeitszeit beinhaltete. Mir blieb wohl nichts anderes übrig, als diese Suppe allein auszulöffeln.

Unsere kleine, zusammengewürfelte Gruppe verließ im Morgengrauen das Szenario und diese Welt, um den Ort zu erreichen, den ich immer dann aufsuche, wenn es mal nichts für mich zu tun gibt. Kommt selten vor, aber immerhin.

Meine Wenigkeit, gefolgt von sechs Geistern und einem kleinen Kater, durchschritt den Torbogen, der zu meinem Heim führt. In großen Buchstaben prangt darauf:

„Grüß Gott, ich bin der Tod, vorbei all deine Not!"

Der Rest ist schnell erzählt. Es dauerte tatsächlich eine kleine Ewigkeit und endlose Anträge auf Einreise und Aufenthaltsgenehmigung, bis die aus Versehen Verstorbenen endlich weiterziehen konnten. Behörden eben, da scheint die Zeit auch keine Rolle zu spielen.

99

Lucifer ist zwischenzeitlich zu einem stattlichen Kater herangewachsen. Er leistet mir auch weiterhin Gesellschaft und ist aus meinem Dasein nicht mehr wegzudenken. Rückblickend kann ich nur sagen, dass ich froh bin, dieser einen Schwäche von mir nachgegeben zu haben, aller Widrigkeiten zum Trotz.

Kantensprung

Nicht mehr Nacht und noch nicht Tag, als er aus einem unruhigen Schlaf erwacht war. Seine bleischweren Augenlider hoben sich nur widerwillig. Durch einen schmalen Spalt blinzelte er in den Raum. Im grauen Dämmerlicht sah er die Umrisse des wuchtigen Kleiderschranks, die halb geöffnete Tür. Auf dem Fußboden verstreut seine Jeans, das zusammengeknüllte T-Shirt, Socken, zwei leere Weinflaschen, die Einzelteile seines zertrümmerten Handys. Ein schmerzhafter Stich durchzuckte ihn. Der letzte Anruf – mein Gott – die Wucht, die ihn traf und das Handy, als er es an die Wand schmetterte.

Seine Augen wandten sich ab vom Fußboden zum Nachttisch neben seinem Bett, blieben haften an dem halb gefüllten Glas, das neben seinem Wecker stand. Der Geruch von abgestandenem Rotwein stieg ihm in die Nase. Er verspürte einen pochenden Schmerz hinter seiner Stirn. Ihm wurde übel.

Es war zu viel gestern – zu viel von allem.

Im Zwielicht leuchteten die phosphoreszierenden Zeiger des kleinen Weckers. Leises, gleichmäßiges Ticken mischte sich unter das Dröhnen in seinem Kopf.

Halb vier! Er schloss die Augen. Aber das Dröhnen verschwand nicht. Und die Zeit hielt nicht an, schritt unbarmherzig weiter – tick, tack – tick, tack - in ein blutleeres Heute. Die Nacht, die seinen Schmerz und seine Angst für kurze Zeit betäubt hatte, war vorbei und er würde aufstehen müssen. Wozu?

Er wollte nicht aufstehen – nie mehr. Nur noch schlafen.

Das Gestern drängte sich in seine Gedankenwelt.

Er hatte alles vorbereitet für ihre Ankunft. Wie immer. Das Haus war blitzblank geputzt, er hatte eingekauft. Er wollte kochen! Käsespätzle mit Röstzwiebeln. Ihr „Heimatessen", wie sie es nannte.

Sie liebte das. Dieses Heimkehren aus der Fremde nach bestandenen Abenteuern, den Geruch, den Geschmack der Heimat. Sich Hineinfallen lassen in das nett gemachte Zuhause, in den Alltagstrott. Seinen Alltagstrott, um dessen Organisation sie sich nie zu kümmern brauchte.

Ein paar Monate lang – dann wurde sie unruhig, musste nach draußen – wieder weg. Weit weg.

Es war wie eine Sucht!

Das Klettern in den Bergen.

Die eigenen Grenzen überwinden! Immer weiter hinauf!

Durch Schnee und Eis in schwindelerregenden Höhen.

Den Gipfel bezwingen, während er am sicheren Boden auf ihre Heimkehr wartete. Im vertrauten Basislager, in das sie regelmäßig zurückkehrte und das sie regelmäßig wieder verließ für den nächsten Berg.

Dieses Mal war es der Mount Everest! Alle „seven summits" – das war ihr großer Traum! Danach wollte sie ruhiger leben. Was sollte auch noch kommen nach einem Achttausender?

Als er die Augen wieder öffnete, war es schon hell. Durch das Fenster über seinem Bett leuchtete der stahlblaue Morgenhimmel. Wolkenfetzen flogen vorbei, als hätten sie es eilig, irgendwohin zu kommen.

Irgend-wo-hin! H i m a l a y a – das klang so schön!

Hoch oben im Niemandsland flog ein Flugzeug –
grauglitzernd im Sonnenlicht, einen weißen Kondensstreifen
hinter sich lassend.
Noch nie war er in einen solchen „Donnervogel" gestiegen.
Er hatte panische Höhenangst.
Nicht einmal einen Balkon im zweiten Stockwerk eines
Hauses konnte er betreten. Schweißausbrüche, Herzrasen,
Schwindel, Angst, in die Tiefe zu stürzen.
Deshalb blieb er am Boden.
Er brauchte keine Abenteuer, keine Höhenflüge. Er wollte
nie an irgendeinem Abgrund stehen, um die Welt aus der
Vogelperspektive zu betrachten. Sich in den gesteckten
Grenzen zu bewegen, das reichte ihm.
Margrit verstand das nicht. Völlig irrational, diese Panik!
Sich der eigenen Angst stellen, das sollte er lernen. Sie
besiegen! Das macht stark und frei!
So oft hatte sie versucht, ihn zu überreden, auf kleine
Aussichtstürmchen zu steigen, mit ihm auf schmalen Pfaden
zu wandern, Kletterwaldaktionen, ein Flug mit dem
Heißluftballon. Er hatte stets abgelehnt.
Und nun hatte sie es doch geschafft, ihn an die Kante des
Abgrunds zu befördern.
Sie war nicht ins Basislager zurückgekehrt!
Irgendwann musste er aufstehen – in den schwarzen
Abgrund schauen – über die Kante springen!
Jetzt!

Dämon

Ingolstadt, Anfang 19. Jahrhundert.

Dunkelheit? Warum?

So dunkel. Kann nicht sehen …meine Augen. Zugeklebt. Es brennt, meine Haut, wie Feuer.

Glühend heiß, unerträglich.

Elektrizität…schlängelnd wie ein Fluss. In mir.

Mary! Was ist mit Mary? Wie geht es ihr?

So lange nicht gesehen.

Die See lässt einem keine Wahl, man heiratet zweimal. Und niemals lässt die Windsbraut einen wieder los. Sie hält dich fest umschlungen wie eine Geliebte. Das Meer, unbarmherzig wild, doch verheerend schön.

Salz auf meiner Haut. Warum brennt es immer noch? Das ist kein Wasser, es ist Feuer.

Es wird immer heißer. Es frisst sich durch mein Gedärm. Ich brenne.

ICH fühle das, oder nicht?

Ich; WER IST DAS? Gibt es das? Ein Ich?

Alles verdreht! Ich atme. Mein Herz schlägt.

Aber NEIN! Nicht meins, nicht mein Takt. Es gehört nicht zu mir.

Immer noch dunkel.

Wer ist Mary? Was ist das für eine Erinnerung? Ist es meine?

Es schmeckt nach Salz, nach Meer…

Aber ich kenne das Meer nicht. Was ist MEER? Was ist mit mir?

Alles fremd! Kann mich nicht bewegen, nicht sprechen, atmen fällt so schwer. Alles ist schwer. Blei auf meiner Brust.

Es brennt, brennt immer noch. Lungen gefüllt mit flüssigem Feuer. Ich schmelze.

Was bin ich? Was geschieht mit mir? Angst, große Angst ist in mir.

Licht! Will sehen, muss sehen. Alles verwaschen, verschwommen, verhüllt durch Nebel.

Etwas greift mit langen Fingern nach mir. Rauch überall. Stinkend, beißend, brennend.

Fesseln! Versuchen, mich zu halten. Schaffen es nicht.

Ob es Mary gut geht? Und den Kindern?

Viel zu oft auf See…

Lasst mich, Geister in meinem Hirn…

Verschwindet…geht fort…kenne niemanden…

Muss fort….fort von hier…

Niemand kann mich halten, nicht Brennen, nicht Fesseln…

Schwer, so schwer…bin ich.

Nicht ich, nicht meine Hand…

Wessen Hand? Wer ist in mir?

Schmerzen, unerträglich.

Mein Körper geschwollen, kurz vor dem Bersten.

Mein Körper? Wirklich meiner?

Was gehört zu mir?

Die Kinder! Der letzte Sommer mit ihnen. Drachen steigen, um die Wette laufen, Picknick. Mary im weißen Kleid…

Geht, geht aus meinem Kopf.

Geht bitte…

Was ist das? Was blickt mich an? Grundgütiger…nein…bin das ich?

Diese Monstrosität? Kann nicht sein…

Monster! Ja...du Monster…glotzt mich an!

Wässrige Augen, versteckt in tiefen Höhlen. Lippen ohne Modellierung, schwarz. Wie tot. Stinkender Atem ohne Laut. Gelbliche Haut in Lappen aneinandergereiht, vereint durch die Hässlichkeit von Narben. Abstoßend bis ins Mark. Ein Gurgeln rollt meine Kehle hinauf, findet keinen Ton.
Wer hat mir das angetan? Was bin ich und warum bin ich?
Eine Stimme! Nicht meine…
Woher kommt sie? Was sagt sie?
ES LEBT!
Nein! Kein Leben in mir, da ist nur Schmerz.
Unerträglich.
Fühlt es sich so an?
Mein Leben?

Die Strandfrau

Ian hatte sich entschieden. Für das Risiko. Schluss mit Gelegenheitsjobs auf dem Bau. Keine Auftragsarbeiten für Handwerksbetriebe oder kleine Firmen mehr. Mit fast 40 wollte er endlich versuchen, von seiner wirklichen Arbeit zu leben. „Ich arbeite mit Holz." So nannte er das. Er sprach nie von Kunst, denn eigentlich arbeitete er ja nur mit Holz, holte das aus dem Holz heraus, was er darin sah.

Schon als Kind hatte er Kochlöffel, kleine Flöten oder Schalen aus Holzstücken herausgearbeitet, die er auf dem Brennholzhaufen gefunden hatte. Später wurden es Tische und Schränke und jetzt waren es Figuren, manchmal Tiere, manchmal Fabelwesen, oft aber auch Menschen.

Er hatte sich nicht nur für seine wirkliche Arbeit entschieden, sondern außerdem Max Kruse als Agenten engagiert, der sich um Öffentlichkeitsarbeit, Werbung und Verkauf kümmern sollte. Aus den Holzarbeiten, die in den vergangenen Jahren entstanden waren, hatte Max eine Auswahl getroffen und die seiner Meinung nach besten Skulpturen nun hier versammelt. Hier in den großen, lichtdurchfluteten Räumen der Kunsthalle standen sie und warteten darauf, der Öffentlichkeit präsentiert zu werden. Ian war unbehaglich zumute, aber gleichzeitig war da noch ein anderes Gefühl. Er ging durch seine Ausstellung. „Meine Ausstellung", dachte er. Er lauschte dem Klang dieser beiden Worte. Drehte sie, fügte noch ein weiteres Wort hinzu: „Meine. Erste. Ausstellung." Er konnte die Worte nicht zusammenbringen mit den emsig in der Erde grabenden Zwergen, den Kobolden, die Wurzelschlingen für ahnungslos durch den Wald spazierende Menschen legten, den wild tanzenden Hexen mit ihren knorrigen Eichengesichtern und den verzückt durch den Raum schwebenden Feen und Elfen, die aus hellem, feinem Lindenholz herausmodelliert waren.

„Na, wie fühlt man sich kurz vor der Eröffnung der ersten großen Ausstellung? So, wie du aussiehst, bist du doch auch stolz, gib's zu!", sagte Max.
Ian überlegte. War es Stolz, was er empfand? Eigentlich fühlte er eine merkwürdige Distanz zu all den Märchengestalten im Raum. Es fiel ihm schwer, sich daran zu erinnern, wie es war, als er an diesen Figuren gearbeitet hatte. Er konnte diesen Eindruck der Entfremdung nicht recht in Worte fassen. Er wusste nur, dass Max auf eine Antwort wartete. Menschen waren nicht so geduldig wie Holz. Er hatte gelernt, dass man ihn für sonderbar hielt, wenn er nicht innerhalb eines angemessenen Zeitraums antwortete.
„Ich staune eigentlich eher über die Figuren. Ich weiß gar nicht mehr, wann ich die alle gemacht habe. Und ich kann mir kaum vorstellen, warum fremde Menschen sich sowas angucken sollten."
Max lachte:
„So ist das mit euch Künstlern. Ihr könnt Kunstwerke herstellen, aber ihr habt keine Ahnung davon, wie Kunst präsentiert, wahrgenommen und finanziell eingeschätzt wird."
„Hmm", brummte Ian. Ein undefinierbares Geräusch reichte meist, wenn man nicht wusste, was als Antwort erwartet wurde.
Max und Ian betraten gemeinsam den nächsten Raum.

108

Da war sie. Die Strandfrau. Ian hatte das Gefühl, als gäbe es nur diese eine Figur im Raum, als sei die ganze Ausstellung nichts weiter als belangloses Beiwerk, einzig dazu da, die Aufmerksamkeit auf sie zu lenken. Sie wuchs aus einem Eibenholzstamm, der fest auf dem Boden stand; ihr ganzer Körper wandte sich zur Seite, die Arme weit nach vorn gestreckt, den Blick in die Ferne gerichtet. Er hatte sie festgehalten in dieser Bewegung, in der sie in der Erde zu wurzeln schien und gleichzeitig im Sprung begriffen war. Die Figur war gut. Das wusste er instinktiv. Und doch hätte er sie am liebsten sofort unter einem großen Tuch verborgen und zurück in sein Atelier gebracht.

„Jetzt bist du sicher froh, dass ich diese Skulptur mit aufgenommen habe. Sie kommt hier einfach genau richtig zur Geltung. Das ist der Höhepunkt der ganzen Ausstellung. Die Leute werden sie lieben."

Max konnte zwar Ausstellungen konzipieren und hatte ein Gespür dafür, was beim Publikum gut ankam, aber ganz offensichtlich verstand er sich nicht so gut darauf, Ians Gefühle nachzuvollziehen.

„Ich hatte Max zwar grundsätzlich freie Hand bei der Auswahl der Figuren gelassen", dachte Ian, „aber ich hatte ihm gesagt, dass er diese Figur nicht mitnehmen sollte, hatte allerdings schon bemerkt, dass sie nicht mehr in ihrer Ecke im Atelier stand. Und später habe ich sie dann unter den Werken entdeckt, die im Kunsthaus aufgebaut werden sollten. Ich hätte da noch protestieren und sie zurückholen können."

Jetzt war es dafür zu spät. In wenigen Minuten würden die Leute kommen. Warum nur hatte er die Figur nicht zurückgehalten? Wahrscheinlich hatte er sich nicht vorstellen können, wie seine Strandfrau hier im Licht der starken Neonstrahler wirken würde. Zu Hause in der dunklen Ecke im Atelier hatte er gedacht, dass die Figur gut war, weil man ihr Wesen erkennen konnte. Hier und jetzt empfand er es so, dass nicht das Wesen der Skulptur, sondern sein eigenes Inneres entblößt und offen zur Schau gestellt wurde. Er fühlte das Blut durch seinen Körper strömen. Er hätte die Brüste der Frau nicht so rund und voll herausarbeiten sollen. Oder wenigstens hätte er sie nicht nackt, nur von einem dünnen Schleier bedeckt formen sollen, denn damals hatte sie ja auch ein Kleid getragen. Sein Gesicht glühte unter dem dichten Bart.

„Komm' jetzt zurück zu den Tischen. Die Tür ist auf, die ersten Gäste werden schon eingelassen und du musst deine Begrüßungsrede halten", sagte Max.

Er zog Ian zu den Stehtischen und dem dezenten Rednerpult im Foyer. Der Raum füllte sich.

Max stellte Ian vor, und Ian schaffte es tatsächlich, seinen vorbereiteten Text in zehn Minuten vorzutragen. Es gab noch ein paar Fragen und dann verteilten sich die Besucher auf die Ausstellungsräume.

Ian atmete auf. Er versuchte selbst noch einmal, seine Figuren mit den Augen der Gäste zu sehen.

Eben wollte er den Raum mit der Strandfrau betreten, als er sah, dass ein kleines Mädchen vor der Figur stand.

„Mama", rief sie einer Frau zu, die gerade noch eine andere Skulptur an der Wand betrachtete.

„Mama, du musst schnell herkommen! Guck doch mal: Das bist ja du!"

Ian blieb mitten im Raum stehen und erstarrte. Das Mädchen hatte so laut gerufen, dass ihm schien, alle

110

Besucher müssten es gehört haben. Die Mutter des Mädchens sah sich die Skulptur an.

Ian hatte jegliches Zeitgefühl verloren. Er war unfähig, sich zu bewegen. Das Mädchen hatte ihn bemerkt und zog wieder an der Hand seiner Mutter, bis die Frau sich von der Figur löste und zu ihm herübersah, direkt in seine Augen.

Er dachte an seinen Spaziergang am Meer vor wenigen Monaten. Eine Horde Kinder tobte durch die Dünen am Weg zur Strandpromenade. Er schätzte sie auf acht bis neun Jahre, auf jeden Fall unter zehn. Die Mädchen trugen rosafarbene Kleidchen mit Glitzersternen drauf. Die beiden kleinen Jungs hatten saubere, bunte T-Shirts und Shorts ohne Löcher an. Für einen Badeausflug waren sie alle ein bisschen zu sehr herausgeputzt.

„Schnell, wir müssen etwas Rotes suchen. Da finden wir den nächsten Hinweis", sagte eins der Mädchen.

Offensichtlich handelte es sich um einen Kindergeburtstag und die kleine Gesellschaft befand sich auf Schatzsuche.

„Da drüben ist ein rotes Haus, alle mir nach!", bestimmte der kräftigere der beiden Jungs.

Seine Stimme klang in Ians Ohren erstaunlich laut und selbstbewusst. Die Kinder schienen das auch so zu empfinden und rannten ohne zu zögern hinter ihm her. Dabei hatte Ian einen rot-gestreiften Strandkorb in einer kleinen Ausbuchtung an der welligen Dünenkante entdeckt, an dessen Markise ein mit einer roten Schleife zusammengebundenes Papierröllchen im Wind flatterte. Bevor er noch weiter überlegen konnte, ob er den Kindern einen Tipp geben sollte, sah er ein Mädchen etwa 50 Meter hinter den anderen durch den Sand hüpfen. Sie bückte sich, um einen Stein aufzuheben und darunter zu gucken. Sie umrundete den Mülleimer, den die Kommune am Strandzugang aufgestellt hatte und sie warf einen scharfen Blick auf zwei rot-gemusterte Badelaken, die im Sand lagen. Sie war hinter den anderen zurückgeblieben, weil sie langsamer war. Sie stürzte nicht sofort los, sondern brauchte Zeit zum Beobachten.

So war er als Kind auch gewesen. Immer zu langsam. Nie konnte er mit den anderen Schritt halten. Die anderen wollten nicht mit ihm spielen, weil er für jede Entscheidung zu lange brauchte. Schon die Entscheidung für die Worte, die er sagen konnte, fiel ihm schwer. Es waren immer zu viele Gedanken in seinem Kopf. Es gab so Vieles zu sehen, das er aufnehmen, einordnen, benennen und in den richtigen Zusammenhang zu allen anderen Wahrnehmungen und Gedanken bringen musste. Wie sollte er da in wenigen Sekunden eine Antwort auf die Fragen der anderen Kinder formulieren können? Die anderen hatten aber keine Lust zu warten, bis er mühsam Sätze ausgesprochen hatte. Sie fanden ihn merkwürdig, gaben es schnell auf, ihn zum Spielen mitzunehmen und hielten ihn schließlich sogar für zurückgeblieben.

„Ian Lundt – lahmer Hund!", riefen sie ihm auf dem Schulhof hinterher. Von da an war es vorbei mit Kontakten zu Gleichaltrigen. Er war der Langsame, Verschrobene. Er war ausgeschlossen.

Er wollte dem kleinen Mädchen helfen, das allein hinter den anderen zurückgeblieben war, ihr zeigen, wo sich der nächste Hinweis befand. Sie sah zu ihm hinüber, als hätte sie gespürt, dass er auf ihrer Seite stand. Ihre klaren, blauen Augen blitzten eher neugierig als schüchtern. Er versuchte,

112

ihren Blick auf den Strandkorb zu lenken, drehte das Gesicht in die Richtung des Korbes und ein wenig nach oben zur Markise. Sie verstand sofort, folgte seinem Blick, entdeckte das Papier mit der roten Schleife und lief mit einer Geschwindigkeit, die ihn erstaunte, zum Strandkorb hinüber. Sie riss das Papierröllchen an sich, rief laut nach den anderen und schwenkte dabei den Hinweis hoch über ihren Kopf:

„Lisa, Jonas, Freddie! Kommt alle her! Ich hab den nächsten Hinweis."

Sie zeigte keine Spur von Unsicherheit, als sei es vollkommen klar, dass sie und nur sie den Hinweis finden konnte.

Ian beobachtete gespannt, wie schnell die Kinder auf die Rufe des Mädchens reagierten. Er stand nur vier bis fünf Meter entfernt und starrte sie an. In dem Moment kam eine junge Frau über den Dünenwall. Sie sah das Mädchen, sah ihn und ein Schatten überzog ihr Gesicht. Sie wandte sich dem Mädchen zu, warf sich beinahe zwischen ihn und das Kind und er begriff, dass sie das Kind vor ihm schützen wollte. Inzwischen waren die anderen Kinder angekommen und umringten das Mädchen, während sie triumphierend den Zettel auseinanderfaltete und vorlas.

Er hatte sich getäuscht. Sie war nicht ausgeschlossen. Sie war mittendrin. Sie war es gewohnt, dass Erwachsene und Kinder sich um sie kümmerten, sich sogar nach ihr richteten, ganz anders als er damals mit seiner Hippiemutter, die für alles Mögliche Zeit hatte, nur nicht für ihn.

Die junge Frau in dem kurzen, neongrünen Sommerkleid redete auf das Mädchen ein, wies das Kind offenbar auf die Gefahr hin, die von ihm, dem kräftigen Mann mit dem dunklen Bart ausging, der so unverwandt auf eine Gruppe wildfremder Kinder starrte. Das Mädchen ließ sich nicht beirren. Sie wischte die Bedenken der Frau mit einem unbekümmerten Lachen beiseite, drehte sich noch einmal zu ihm, winkte mit dem Papier und blinzelte, ganz große Dame, ein Dankeschön hinüber.

Seit dieser Minute hatte er das Bild der Strandszene vor Augen, wenn er ehrlich war allerdings nur das der jungen Frau mit ihren geschmeidigen Bewegungen, ihrem biegsamen, wunderbaren Körper, ihrer Zugewandtheit. An jenem Tag war er beinahe über den Strand zu seinem Auto gerannt und sofort in sein Atelier gefahren. Er wusste, welches Holz er brauchte. Eibenholz wie für einen Bogen. Er hatte den schweren Stamm in die Werkstatt gezerrt und angefangen zu arbeiten. Wochenlang konnte er kaum schlafen, immer sah er nur das Holz vor sich, wie es langsam Formen annahm, wie nach und nach alles Störende weggeschlagen war und die Gestalt der Frau sichtbar wurde. Sie beschäftigte ihn Tag und Nacht. Er sah nichts, hörte nichts, aß nichts. Er dachte nur daran, dass er sie aus dem Holz herausarbeiten musste. Er wusste, dass alles, ihre Körperform, die Bewegung, mit der sie zwischen ihn und das Mädchen gesprungen war, ihr ganzes Wesen in dem Eibenstamm steckte. Er musste es nur sichtbar werden lassen.

Und nun war sie da und stand vor seiner Skulptur. Er hatte Angst, dass sie sich in der Figur erkennen würde, Angst, dass ihr nicht gefallen würde, was sie sah. Am meisten fürchtete er sich davor, dass sie seine Ängste, Träume und Sehnsüchte erkennen könnte. Er fühlte sich wie auf einem

OP-Tisch, als sei sie die Operateurin, die im nächsten Moment beginnen würde, seine Eingeweide herauszuschneiden.

Ians Gedanken verhedderten sich. Er hatte mutig sein wollen. Endlich kam er mit seiner Langsamkeit klar, konnte sie als Fähigkeit, genau zu beobachten, schätzen, endlich hatte er sich getraut, seine Skulpturen ausstellen zu lassen, und schon jetzt verließ ihn der Mut wieder.

„Was wird sie tun? Wie wird sie reagieren? Was kann ich tun? Soll ich sie ansprechen? Und was ist, wenn plötzlich der Vater des Mädchens um die Ecke kommt und mich fragt, was mir einfällt, seine Frau nahezu nackt darzustellen?", grübelte er.

Er musste die Situation beenden, irgendwie einen Ausweg finden. Der Blick in ihre Augen dauerte schon viel zu lange an. Er wollte kein Wort hören, keine Enttäuschung erleben. Er spürte, wie sich Schweißtropfen unter seinen Achseln und auf seiner Stirn bildeten.

„Schnell weg", dachte er. „Das ist die einzige Möglichkeit, hier heil herauszukommen." Was für eine vermessene Idee war das überhaupt gewesen, so eine Ausstellung zu machen? Er war eben doch nur Ian Lundt, der lahme Hund. Er konnte nicht locker plaudern, einfach ein Gespräch mit ihr anfangen, ihr erklären, dass er ihr Wesen aus dem Eibenstamm hatte befreien müssen, dass er dagegen einfach nicht angekommen war, dass er sie gesehen hatte, wie noch nie einen Menschen zuvor.

Die junge Frau hielt seinen Blick immer noch fest. Ein leichtes Lächeln umspielte ihre Mundwinkel.

„Bin ich käuflich?", fragte sie.

115

Ian brauchte Zeit. Ihre Worte drangen nur langsam in sein Bewusstsein. Wollte sie seine Skulptur wirklich kaufen? Bedeutete das, dass sie ihr gefiel? Er musste antworten. Jetzt. Was sollte er sagen?

„Max", dachte Ian verzweifelt. „Wo ist Max? Er muss das klären, muss mir helfen und mich retten."

„Darüber muss ich mit meinem Agenten sprechen", brachte er mühsam hervor.

MAGISCHE WELTEN

Wie wird Magie lebendig? Wie betritt sie unsere Welt?

Finde es heraus und lass dich verzaubern!

Lass dich entführen in Reiche jenseits unserer Vorstellung.

Werde zur Heldin und rette das Licht, tanze zwischen schillernden Masken in den Gassen Venedigs, betrete unheimliche Gärten, die im Nachhinein betrachtet besser unentdeckt geblieben wären, und glaube niemals dem Augenscheinlichen, denn es könnte sich als trügerisch und äußerst gefährlich herausstellen.

Maskenball

In den schwarzglänzenden Wassern der Kanäle spiegelte sich ein milchig weißer Sichelmond. Die Luft war angenehm lau und trug den Geschmack von Ausgelassenheit, Tanz und fröhlichem Gelächter in die Nacht.
In der Lagunenstadt pulsierte das Leben. Es war die Zeit des Karnevals. Überall in den bunt geschmückten Gassen und auf den Brücken feierten fantasievoll gekleidete Gestalten die schönste Zeit des Jahres. Es gab kaum ein unmaskiertes Gesicht.
Auch ich befand mich unter dieser ausgelassenen Schar. Staunend wurde ich an rauschenden Ballkleidern vorbei geschoben. Ich versuchte, mir meinen Weg in Richtung Piazza zu bahnen, was sich als recht mühsam erwies.
Meine eigene Verkleidung war leider nicht ganz so prunkvoll ausgefallen, wie ich es mir gewünscht hätte, was wohl dem Umstand zu verdanken war, dass in meinem Geldbeutel so gut wie immer gähnende Leere herrschte.
Gottlob fand ich aber in der alten Truhe auf dem Dachboden meiner Großeltern noch das ein oder andere Schmuckstück. So trug ich an diesem Abend ein weißes, ausladendes Rüschenhemd, dazu eine lange, lindgrüne, brokatbestickte Weste. Dunkle, baumwollene Beinkleider und darüber kniehohe Stiefel aus weichem Leder. Mein langes, kupferfarbenes Haar hielt ich mit einem einfachen schwarzen Band im Zaum. Eine Halbmaske, wie aus Phantom der Oper, verdeckte mein Gesicht. Den krönenden Abschluss bildete der Dreispitz meines Großvaters. Alles in Allem, doch ein recht würdiges Ensemble für den größten Maskenball der Welt.

Und so ließ ich mich treiben, durch die dichte Menge von schillernd Maskierten. Vorbei an lautlos dahingleitenden Gondeln und venezianischen Gauklern bis hin zur Piazza San Marco. Wo das ausgelassene Treiben seinen Höhepunkt fand.

Aus jedem Winkel der Stadt erklang Musik, in der wahrlich Magie lag. Hier wurden Bettler zu Königen und Marktfrauen zu Komtessen. Unzählige Laternen zauberten bizarre Schatten zwischen die erhitzten Leiber der Tanzenden. Ein wirklich berauschendes Fest.

Mit einem Mal packte mich jemand mit festem Griff an der Taille und wirbelte mich in wildem Reigen herum. Alles um mich verschwamm zu einem einzigen, bunt schillernden Strudel aus Farben.

Ich wurde gefesselt von zwei Augen so dunkel und tief wie die See. Unergründlich, unwiderstehlich und geheimnisvoll. Ich wusste nicht zu sagen: war mir schwindelig vom wilden Tanz, dem Übermaß an Wein, den ich zuvor genossen hatte, oder von dem leidenschaftlichen Kuss, mit dem der Fremde mir die Lippen versiegelte? Warm und weich hinterließ er ein wohliges Kribbeln, das sich seinen Weg durch meinen Körper bahnte. So plötzlich, wie mich der Fremde an sich gerissen hatte, wurde ich wieder aus seiner Umarmung entlassen. Taumelnd, nach Luft ringend und mit zittrigen Knien stand ich in der Menge. In meinen Ohren rauschte das Blut und es fiel mir schwer, einen klaren Gedanken zu fassen.

Ein Raunen ging durch die Menge...

„DAS IST ER! DAS IST JACKOMO. JACKOMO
CASANOVA!"

Aus dem Augenwinkel heraus sah ich einen Schatten. Er
verschwand in der Menge zwischen den Maskierten. Es
wurde dunkel um mich.
Mit einem Ruck setzte ich mich auf.
Der Raum, in dem ich mich befand, lag im Halbdunkel, nur
der milchig weiße Sichelmond, der durch das
Sprossenfenster hineinblickte, spendete etwas Licht. Neben
mir lag lang und ausgestreckt mein graugetigerter Kater
JACKOMO.
Verschlafen blinzelte er mich an und ich rieb mir
verwundert die Augen. Mein Blick fiel auf den kleinen
Nachttisch neben meinem Bett. Dort stand eine
Rotweinflasche, daneben ein leeres Glas und ein
aufgeschlagenes Buch:

  „Maskenball in Venedig"

120

Land des Lichts

Vor langer Zeit gab es viele Jägerinnen im Land des Lichts. Sie flogen über den Himmel und machten Jagd auf bunt schillernde Kugeln jenseits der Himmelskuppel. Nur eine Jägerin konnte eine Lichtkugel tragen und zum großen Sonnenkern im Inneren der Erde bringen, damit die Energie der Kugel mit dem Kern verschmolz und das Leben weiterging. Jeder im Land musste seine Arbeit tun. Die Aufgabe der Menschen, die mit Flügeln geboren worden waren, bestand darin, den Erdkern mit genug Energie zu versorgen, damit es hell und warm bleiben konnte. Über viele Jahrhunderte wagten sich die Jägerinnen in den Raum jenseits der Himmelskuppel vor und brachten Lichtkugeln mit zurück. Die Kugeln waren unterschiedlich groß. Manche Kugeln brachten genug Wärme für einen Tag, manche reichten für ein ganzes Jahr. Einige leuchteten smaragdgrün oder rubinrot, andere waren bunt und schillerten wie Seifenblasen. Die Menschen schauten gern von der Arbeit auf dem Land und in den Gärten auf, um zuzusehen, wie die Jägerinnen mit den Kugeln in den Händen zum Sonnenportal flogen, hinter dem der Kern lag, die Energiequelle für das ganze Land.

Die Jägerinnen flogen unermüdlich hin und her wie emsige Bienen. Ein kleines Mädchen war dabei, sie hieß Amazilia. Ihr zuzusehen war besonders den Alten eine große Freude. Die Kleine nahm ihre Arbeit als Jägerin nicht sehr ernst. Sie flog zum Vergnügen durch die Luft. Ihre Flügel leuchteten im Licht auf, als sei sie eine Mischung aus einem Kolibri und einem blauen Schmetterling. Sie drehte Pirouetten, flog in halsbrecherischem Tempo aus tausend Metern Höhe wie ein Eisvogel im Sturzflug bis kurz vor das Häuschen ihrer Mutter. Sie liebte die Geschwindigkeit, das Rauschen der Luft an ihren Ohren und auch die Gefahr. Sie war eine Spielerin, ein bisschen Risiko musste gern dabei sein, sonst machte das Spiel nicht richtig Spaß. Aufgrund ihres zierlichen Körpers und des zischenden Geräusches, das sie im Vorbeifliegen machte, wurde Amazilia meist nur Zilly genannt. Schon als kleines Mädchen war sie manchmal mehrere Tage fortgeblieben und hatte ganz besondere Lichtkugeln aufgestöbert, die Energie für mehr als ein Jahr lieferten.

Zu Zillys besten Freunden gehörte der alte Horace. „Opa Horace", sagte Zilly oft, „das Fliegen ist so schön." Zilly sprach nie viel. Sie flog lieber. Der alte Horace wusste, dass er selten mehr als: „Das Fliegen ist so schön!" zu hören bekommen würde, wenn Zilly auf eine Stippvisite in seinem Blumengarten vorbeiflog. Und dennoch liebte er diesen Satz. Er wartete täglich darauf, dass Zilly über die bunten Blüten von Astern und Anemonen segeln und ihm diesen Satz zurufen würde. Die tiefen Furchen und Runzeln in seinem Gesicht, in denen sich Erde und Blütenstaub eines ganzen Gartenarbeitstages gesammelt hatten, gerieten dann in Bewegung, und er fing an zu lachen, bis sein mächtiger runder Bauch in der weiten, graugrünen Arbeitshose vibrierte.
„Ja, Zilly, sicher hast du Recht, das Fliegen ist bestimmt schön, aber ich kann nicht fliegen und finde das Leben trotzdem wunderbar."

122

Zilly hörte das nicht mehr, denn sie war schon wieder hoch oben in der Luft und flog den Schwalben hinterher.

Zilly lebte mit ihrer Mutter zusammen in einem Holzhäuschen, zu dem ein Gemüsegarten gehörte, in dem die Mutter Möhren, Gurken, Salat, Kartoffeln und Kürbisse anbaute. Der Vater war gestorben, als Zilly ein Jahr alt war. Seine Mutter, Zillys Großmutter, war eine Jägerin gewesen. Zillys Mutter war ohne Flügel geboren und hätte eigentlich keine Jägerin zur Tochter bekommen können. Meist waren es Jägerinnen, die Töchter mit Flügeln zur Welt brachten. Zillys Mutter war nicht begeistert von Zillys Fliegerei. Sie hätte sich mehr Hilfe im Garten gewünscht. Sie ermahnte Zilly ständig, dass sie, statt Wettflüge mit Habichten und Schwalben zu veranstalten, lieber Möhren ernten oder Unkraut jäten sollte. Zilly hörte das nicht gern. Als sie älter wurde, flog sie immer öfter abends beim alten Horace vorbei und verbrachte die Nacht dann gemütlich bei den Schafen im Stall, wo sie sich in eine kleine Ecke mit Heu verkroch. Manchmal sprach sie abends am Lagerfeuer noch mit Horace.
„Ich bin durch die Himmelskuppel geflogen, Opa Horace, so weit, bis ich nicht mehr konnte. Ich wollte sehen, wo die Dunkelheit beginnt."
Horace war beunruhigt. „Aber Zilly, warum suchst du nach der Dunkelheit? Nur weil wir im Land des Lichts leben, muss es da draußen nicht dunkel sein."

Zu dieser Zeit begann Horace, sich Sorgen zu machen. Ihm fiel auf, dass es nur noch wenige Jägerinnen in Zillys Alter gab. Es wurden überhaupt wenige Jägerinnen geboren. Die

Flügel der älteren Jägerinnen verblassten. An manchen Tagen sah man gar keine Frauen mit bunten Lichtkugeln wieder zurück durch die Himmelskuppel ins Land fliegen. Die alten Jägerinnen trauten sich keine weiten Flüge mehr zu. Immer öfter brachten die jüngeren Fliegerinnen Kugeln mit und hängten sie weit oben innerhalb der Kuppel auf, sodass die Alten sie nur noch abpflücken und zum Sonnenportal tragen mussten. Eine Zeit lang hatte der Himmel voll von durchsichtigen Kugeln gehangen, die wie Seifenblasen über dem Land schimmerten. Aber nun kam es immer öfter vor, dass eine Jägerin von einem Flug durch die Himmelskuppel gar nicht mehr zurückkehrte. Die älteren Jägerinnen schienen sich zu fürchten. Horace hatte den Eindruck, die Dunkelheit würde zunehmen, sich wie ein Ring um das Land legen. Schließlich kam der Zeitpunkt, an dem die Kugeln knapp wurden.

Eines Abends saßen Horace und Zilly am Feuer unter dem alten Apfelbaum und brieten Äpfel über den Flammen. Zilly war nicht ganz bei der Sache, weil sie so müde war. Sie sehnte sich nach ihrem Heu-Nest im Stall.
„Opa Horace, ich weiß, dass die Dunkelheit da sein muss, damit das Licht heller scheinen kann und ich bin bereit, noch viel weiter zu fliegen, um das Licht aus den entferntesten Regionen zu holen. Aber wenn ich einmal heiraten sollte - und das muss ja irgendwann sein, damit die Jägerinnen nicht aussterben - dann kommt nur ein Flieger in Frage, aber den gibt es nicht."
Es war eine ihrer längsten Reden gewesen. Horace sah, wie ihr die Augen zufielen und der Bratapfelspieß ins Feuer sank. Zum ersten Mal war sie eingeschlafen, bevor sie sich in

ihre Ecke im Stall legen konnte. Horace trug sie ins Haus und legte sie auf die Küchenbank.

Horace erinnerte sich nicht gern an die alten Zeiten. Dabei wäre es vielleicht besser gewesen, wenn er die Zeichen rechtzeitig erkannt hätte. Er hatte die große Dunkelheit erlebt, wollte diese Zeit aber unbedingt vergessen. So verdrängte er die Entwicklung weiterhin. Es gab noch einmal einen Aufschub, weil Zilly eine flammende Feuerkugel erbeutet hatte, die Energie für zwei Jahre garantierte. Danach schwand die Hoffnung zusehends. Es war seit Jahren keine Jägerin mehr geboren und Zilly wusste, dass sie einen Mann wählen und Kinder bekommen musste, wenn das Land nicht ausgelöscht werden sollte. Viele junge Männer fanden Zilly reizvoll und wären stolz gewesen, mit ihr zusammen das Land zu retten. Aber Zilly fiel es schwer, sich auf einen der gutaussehenden Jungen einzulassen. Die Warnungen ihrer Mutter hatten sie stärker beeinflusst, als ihr lieb war:
„Hör nicht hin, wenn die Kerle dir sonstwas versprechen. Die lügen doch alle, auch die hübschen Jungs. Bei denen musst du besonders aufpassen", hatte ihre Mutter gesagt.

Der alte Horace hatte sich oft gefragt, warum Zilly so wenig gleichaltrige Freunde hatte. Sie war in der Schule beliebt gewesen und mit einigen Jungen und Mädchen in losem Kontakt geblieben. Es fehlte aber eine beste Freundin, der sie ihre tiefsten Geheimnisse anvertrauen konnte.
Stattdessen traf sie sich mit Temme, der zusammen mit seiner Mutter und seinem kleinen Bruder auf dem Grundstück lebte, das an Horace' Blumengarten grenzte,

und dort eine Imkerei betrieb. Sie hatten einen riesigen Obstgarten, der im Frühling von Apfelblüten wie mit einer Schneehaube bedeckt war. Auch Kirschen, Pflaumen und Mirabellen wuchsen in großer Zahl in Temmes Garten. Im Frühjahr naschten die Bienen an den Obstblüten, später im Sommer zogen sie in den Blumengarten des alten Horace. Temme erzählte ihr, wieviel Honig er geschleudert hatte, welche Sorten am leckersten waren und welches seiner vielen Völker am meisten Honig einbrachte. Zilly hörte zu. Bei Temme konnte sie sich entspannen, er erwartete nichts von ihr, außer dass sie ab und zu eine neue Honigsorte probierte. Wenn er ein frisches Glas mit noch flüssigem Honig präsentierte, nahm er selbst gern einen großen Löffel voll, steckte ihn sich in den Mund und rieb sich genießerisch über den runden Bauch, wenn er zufrieden mit dem Geschmack war. Und das war er eigentlich immer. Temme war so groß und weich und rund wie Zilly klein, zierlich und flink war. Sie fand, dass selbst sein Gesicht auseinanderlief wie warmer, flüssiger Honig.

„So wie Temme stelle ich mir einen Bruder vor", dachte sie oft und lächelte dabei.

Temme selbst sah das ein bisschen anders. Er wäre gern mehr für Zilly gewesen als nur ein brüderlicher Freund, aber er sagte ihr das nie. In der Schule hatten die anderen ihn oft verspottet, weil er dicklich und langsam war. „Temme, die Memme" hatten sie ihn genannt. Er konnte sich nicht vorstellen, dass ein so begehrtes junges Mädchen wie Zilly jemanden wie ihn attraktiv finden würde. Aber die Umstände waren auf seiner Seite.

126

Zilly traf sich eines Tages mit alten Schulfreunden. Viele hatten schon eine Familie gegründet und Kinder bekommen, aber es war keine Jägerin unter den Babys gewesen. Ethan, einer von Zillys Klassenkameraden, nahm sie zur Seite: „Amazilia", sagte er ernst und sah sie eindringlich an, „ich mache mir Sorgen um meine Mutter. Sie ist eine der letzten Jägerinnen im mittleren Alter. Aber auch sie fliegt nur noch sehr ungern in den Raum hinter der Himmelskuppel."

Ethan und Zilly hatten nie viel miteinander zu tun gehabt, obwohl Ethan immer der Mittelpunkt jeder Gruppe gewesen war, gleich einer Sonne, um die die anderen kreisten, um sich daran zu orientieren.

Zilly dagegen liebte die Flüge allein in den Raum hinter der Himmelskuppel. Dort oben schwebten bunte Lichtkugeln durch die Luft, die eine ganz besondere Atmosphäre schufen mit ihren violetten, azurblauen, sonnengelben oder froschgrünen Farbringen. Manche Kugeln hingen an gläsernen, verzweigten Gebilden, bis sie auf eine gewisse Größe angewachsen waren und sich lösten, um sich im Raum zu verteilen. Die Jägerinnen waren jedoch nicht die einzigen, die hierher kamen, um Energiekugeln zu sammeln. Auch andere Wesen brauchten Lichtkugeln, deshalb durfte niemand zu viele Kugeln sammeln und für sich behalten. Es war ein seltenes Glück, einem dieser anderen Wesen zu begegnen. Zilly hatte nur ein einziges Mal ein kleines Tier wie einen Leuchtstreif vorbeihuschen sehen. Das kleine Wesen umschloss eine Lichtkugel mit seinen durchsichtigen, schlauchartigen Ärmchen, in denen eine neongrüne Flüssigkeit blubberte und kaum hatte Zilly es erblickt, war es auch schon in den Weiten des Raums verschwunden. Aber Zilly vergaß den Anblick nie und suchte auf jedem

Flug nach weiteren Wesen, Tieren oder besonderen Bildern und Farbeffekten. Das reizte sie mehr als vieles andere. Darum flog sie lieber allein durch den Raum, als sich mit ihren Schulfreunden zu unterhalten, vor allem abends, denn abends war sie viel zu müde vom Fliegen.

Sie musste sich allerdings eingestehen, dass Ethan nicht wie ein Fixstern unbeweglich verharrte und sich von den anderen bewundern ließ. Er hatte ständig neue Pläne und setzte sie ausnahmslos in die Tat um. Er bastelte, baute, konstruierte alles Mögliche vom einfachen Spielzeug wie dem Flugdrachen mit Leuchtfeuer bis zu Handwerksgeräten, die die Arbeit im Garten erleichtern konnten. Er forderte seine Freunde auf, mitzubauen und zu basteln. Ein „Das kann ich doch gar nicht!", ließ er weder für sich selbst noch für einen seiner Freunde gelten.

„Ich sehe Furcht in den Augen meiner Mutter, wenn sie aus dem Raum hinter der Himmelskuppel zurückkommt. Sag mir doch, was ist da draußen?", fuhr Ethan fort.

Er wusste, dass Amazilia nie viel redete. Er hatte den Eindruck, als habe sie Schwierigkeiten mit Worten. Für sie bestand das Leben aus bewegten Bildern. Sie musste sich anstrengen, wenn sie diese Bilder in Worte übersetzen wollte. Aber diesmal hatte er das Gefühl, dass sie nicht antworten wollte.

„Was würde es helfen, das zu wissen?", sagte sie und Ethan sah Bilder von Dunkelheit und Furcht über ihre Augen ziehen.

Auch der alte Horace war zutiefst beunruhigt. Damals, in der Zeit der großen Dunkelheit, gab es schließlich nur noch so wenige Lichtkugeln, dass der Hohe Rat sich entschloss zu handeln. Was genau damals geschehen war, verdrängte

Horace. Aber danach war die Dunkelheit überwunden und die Jägerinnen fanden wieder genug Energiekugeln. Was also konnte jetzt der Grund für das Verschwinden der Kugeln sein? War es eins der anderen Wesen, das zu viele für sich nahm? Es kamen Jägerinnen zurück, die berichteten, dass etwas Dunkles dort oben sei. Sie hatten einen Schatten am Horizont gesehen.

Horace wusste, dass es nicht mehr lange dauern konnte, bis der Hohe Rat tagen und Zilly drängen würde, zu heiraten. Darum war er erleichtert, als Zilly mit Temme im Garten erschien und Temme herausplatzte:

„Zilly und ich wollen heiraten!"

Temme musste das einfach aussprechen, sonst hätte er es selbst nicht geglaubt.

Zilly lächelte: „Ja", sagte sie, „wir haben uns zusammengetan und wollten es dir als erstem erzählen."

„Da fühle ich mich wirklich sehr geehrt", lachte Horace. „Kommt ihr beiden, lasst euch umarmen. Ich gratuliere euch von ganzem Herzen."

Horace drückte die Kinder, wie er sie immer noch sah, an seine breite Brust und hoffte, dass nun alles gut werden würde.

Bevor die Hochzeit stattfinden konnte, unternahm Zilly noch einen Versuch, eine besonders große Lichtkugel zu erjagen. Sie flog durch die Himmelskuppel und machte sich auf eine lange Reise gefasst.

Sie flog schnell, aber das Gefühl des Geschwindigkeitsrausches, das sich sonst immer einstellte, wenn sie im weiten Raum ohne Hindernisse dahinraste, kam nicht auf. Schon nach kurzer Zeit war Zilly vollkommen allein. Keine andere Jägerin war zu sehen. Keine Lichtkugeln am Horizont, nur

Dämmerung. In der Ferne wurde es grau. Und hinter dem Grau lag die Dunkelheit.

Zilly war noch nie durch den grauen Horizont hindurch geflogen. Es schien ihr, als sei die Dunkelheit näher als je zuvor. Diesmal würde sie bis an den schwarzen Himmel heranfliegen müssen. Sie schauderte. Schon spürte sie Kälte ihren Körper durchdringen. Sie fühlte sich mit einem Mal schwach und erschöpft, hatte das Gefühl, nicht mehr weiter zu können. Aber sie musste doch durchhalten. So Viele im Land des Lichts setzten ihre Hoffnung auf sie.

Sie dachte an Temme, den fürsorglichen Temme, der ihr zum Abschied ein aus Bienenwachs geformtes, leichtes Döschen mitgegeben hatte. Kostbarer Pollenstaub von Temmes Bienen war darin. Der sollte sie stärken, wenn ihre Energie nachließ. Dankbar nahm sie sich eine kleine Portion des goldgelben Pulvers.

„Ich weiß nicht, ob es wirklich die Energie der Bienen ist oder ob mir der Gedanke an Temme und all die anderen hilft, aber ich kann jetzt erst mal weiterfliegen", dachte sie.

Die Dunkelheit um sie herum veränderte sich, nahm Struktur an.

Etwas war hier. Und es war nichts Gutes. Noch konnte sie es nicht ausmachen. Sie öffnete die Augen, starrte angestrengt in die Dunkelheit und versuchte, etwas zu erkennen. Dann sah sie es:

Es waren lange Bänder, die im Raum hingen. Sie schaukelten hin und her. Es war wie ein Wald aus Tang, der im dunklen Meer wogte. Aber was war das am unteren Ende der Bänder?

Sie waren dort mit einem klebrigen Film bedeckt. Und an manchen Stellen hafteten Fetzen daran. Was mochte das sein? Was war es bloß?

Zilly schrie auf.

Konnten das wirklich...? Ähnelte das tatsächlich den Flügeln der Jägerinnen? Alles in ihr weigerte sich, diesen Gedanken weiter zu verfolgen. Aber es war so: Es waren Reste von Flügeln der Jägerinnen, die hier abgerissen und am unteren Seilende kleben geblieben waren.

Zilly war starr vor Entsetzen. Wenn sie mit ihren Flügeln an so einem Band hängen bliebe, würden ihre Flügel zerreißen. Sie würde nie wieder fliegen können. Schlimmer noch: Sie käme nie mehr von hier weg und müsste sterben. War es das, wovor die alten Jägerinnen Angst hatten? Warum hatte keine je etwas davon gesagt?

Zilly begann zu zittern. „Umkehren, sofort", dachte sie. Aber wenn sie jetzt zurückfliegen würde, würde sie sich niemals mehr in die Dunkelheit trauen. Wie die anderen Jägerinnen würde sie aus lauter Furcht vor den Klebefesseln nur noch in der Nähe der Himmelskuppel fliegen, und da gab es keine Lichtkugeln mehr.

Sie musste durch dieses Netz aus Klebefäden, das immer dunkler zu werden schien. Die Fäden veränderten sich, nahmen an Umfang zu, wurden zu Seilen, deren untere, wie ein Schlachterhaken gebogene Enden, mit einer dicken, klebrigen Masse beschmiert waren, die nur darauf lauerte, alles festzuhalten, was zu nah herankam. Heiße Furcht stieg aus der Mitte ihres Körpers auf und erreichte in Stoßwellen ihren Hals. Zilly konnte kaum noch atmen.

Merkwürdigerweise fiel ihr jetzt Ethan ein. Ethans ernste blaue Augen. Warum dachte sie nicht an Temme? Sie versuchte, sein Bild heraufzubeschwören. Sie sollte ihm dankbar sein für die Pollendose, die sie gewärmt und ihr Mut gemacht hatte, aber in diesem Moment half der Gedanke nicht. Sie sah Ethan vor sich. Was würde Ethan tun, wenn auch sie ohne Lichtkugel und völlig verängstigt zurückkehrte?

„Amazilia, ich befürchte, dass in unserem Land nichts mehr wachsen kann, wenn wir nicht bald neue Energie für den Erdkern bekommen", hatte er gesagt. „Du bist die einzige, die sich noch weit hinauswagt. Du musst herausfinden, was dort draußen ist. Ich würde sofort mitkommen, aber ich habe keine Flügel wie du."

Den letzten Satz hatte er mit zusammengepressten Lippen herausgestoßen. Sie hatte den Eindruck, als sei er zornig darüber, ohne Flügel geboren zu sein. Aber so war es nun einmal. Männer konnten nicht fliegen.

„Ethan hat nicht gesagt, dass er nicht fliegen kann", erinnerte sie sich. „Er hat gesagt, dass er keine Flügel hat." Zilly wurde das Gefühl nicht los, dass Ethan diese Tatsache nicht hinnehmen würde. Er würde sich einfach nicht damit abfinden.

Dieser Gedanke machte ihr Mut. Sie würde sich auch nicht damit abfinden, dass die Dunkelheit immer näher kam. Der Wald aus Fangarmen musste irgendwo zu Ende sein. Also konnte sie ihn durchqueren und wieder hinaus ins Helle gelangen.

Zilly spannte ihren Körper wie einen schussbereiten Bogen und flog entschlossen in das Dunkel hinein. Es wurde kälter und kälter. Lichtkugeln waren auch in der Ferne nicht auszumachen. Stattdessen hingen immer mehr und immer dickere Seile vor ihr. Und wenn tatsächlich etwas in der Dunkelheit lauerte? Was machte sie dann? Was konnte sie allein dagegen ausrichten? Wäre es nicht besser, zurückzufliegen?

Zilly vernahm ein seltsames Geräusch. Es klang, als würde der Wind gegen ein dünnes Handtuch auf der Wäscheleine pusten. Und das Geräusch kam näher. Sie wollte sich gerade umdrehen, als sie eine Stimme hörte:

„Hej Amazilia, ganz so einzigartig wie du dachtest, bist du doch nicht. Ich kann halt auch fliegen!"

„Ethan..., wie, warum, ...was machst du hier?"

„Ein bisschen mehr Begeisterung für mein tolles Fluggerät hätte ich mir schon gewünscht."

Zilly sah sich Ethans Flügel genauer an. „Wie hast du das hingekriegt? Sie sind wunderschön. Fast so schön wie meine".

„Na, also, da kommt ja die typische Überheblichkeit von euch Jägerinnen doch noch zum Vorschein. Dabei habt ihr für eure Flügel nichts getan, sie sind einfach gewachsen. Ich musste meine selber bauen. Opa Horace hat sich erinnert, dass in früheren Zeiten Flügel aus den Blättern der Seidenblume angefertigt worden sind:

Wir haben Temmes Bienenwachs mit den zarten Seidenblumenblättern verschmolzen und daraus ein Flügelpaar geformt. Das war nicht einfach, aber es hat geklappt", sagte Ethan stolz.

Zilly musste lachen. Eben noch war sie verzweifelt gewesen, aber jetzt, mit Ethan zusammen, erschien ihr alles möglich. Zum ersten Mal in ihrem Leben war sie froh, nicht allein durch den Raum hinter der Himmelskuppel zu rauschen, so froh, dass sie für kurze Zeit die klebrigen Seile aus ihren Gedanken ausblendete, während sie gemeinsam durch den Wald aus Fangarmen flogen. Es war kaum eine Minute vergangen und Zilly konnte die Gefahr, die ihnen aus der Umgebung drohte, nicht mehr verdrängen. Sie musste vor allem den noch unerfahrenen Flieger Ethan warnen, nicht so dicht an die Enden der Seile heranzufliegen und wandte sich zu ihm.

„Nein!" schrie sie.

„Ich komme nicht los. Ich klebe an diesem Seil", rief Ethan erschrocken.

„Nicht bewegen, sonst verklebst du noch mehr. Gib mir deine Hand. Ich werde ziehen."

Zilly zog mit aller Kraft, die sie aufbringen konnte. Es gab ein fürchterliches Kreischen, als die schönen, neuen Flügel rissen, und Ethan war frei.

„Ich kann mich mit den Flügelstummeln nicht mehr in der Luft halten. Du musst ohne mich weiterfliegen".

Zilly sah, dass Ethan schluckte. Sie hielt ihn weiter an der Hand und überlegte, welche Möglichkeiten sie hatten. Sie könnte ihn nicht zurücktragen, dafür würde ihre Kraft nicht reichen. Wenn sie ihn losließe, würde er fallen und sterben. Sie musste ihn hier absetzen, sodass er nicht fallen konnte. Er könnte sich am Seil festhalten, aber dafür dürfte das Seil nicht kleben...

„Lass mich hier, Amazilia!"

„Ja, das werde ich, aber anders, als du denkst. Leg deine Arme um meine Taille und halte dich fest. Ich brauche beide Hände."

Zilly nahm Temmes Wachsdose, brach den Deckel und einen Teil der Kanten heraus und knetete das Wachs in ihrer Hand, um es dann auf das untere Seilende zu drücken.
„Das Wachs selbst klebt nicht, es hält aber auf dem klebrigen Seilstück. Du kannst hier auf dem Seilende sitzen. Ich fliege zurück und hole Hilfe", sagte sie entschlossen.
Ethan blieb keine Wahl. Zilly raste davon, durchbrach die Himmelskuppel, stürzte zu Opa Horace und erklärte ihm ihren Plan.
Einen Tag später machte Zilly sich mit den letzten Jägerinnen und drei mutigen jungen Männern mit frisch angefertigten Flügeln auf den Weg zurück in die Dunkelheit. Opa Horace, Temme, die Jägerinnen und die Männer hatten zusammen an den Flügelpaaren gearbeitet. Ethans Mutter vergaß all ihre Ängste und überzeugte die anderen Jägerinnen, sich der kleinen Gruppe um Zilly anzuschließen. Am meisten überrascht war sie aber von ihrer eigenen Mutter.
„Ich wäre gern mit euch geflogen", hatte sie gesagt, „aber ich bin alt und schwer und es wäre Verschwendung, ein paar Flügel extra für mich zu bauen. Ich muss hier bleiben. Ich gebe dir das Messer, das deinem Vater gehörte. Es ist klein und leicht und wird dich auf dem Flug nicht viel Energie kosten. Sei vorsichtig damit, denn es ist scharf. Was du damit zerschneidest, lässt sich nie wieder schließen. Es bleibt für immer getrennt."
Zilly flog voraus. Es war ein ungewohntes Gefühl, eine Schar von Jägerinnen und ungeübten Männern anzuführen, anstatt allein durch die Himmelskuppel zu fliegen. Die Gemeinschaft war ein großer Trost, aber dennoch:

Konnten sie die Gefahr aus der Dunkelheit besiegen? Oder würden sie alle hier oben sterben?

Mit aller Kraft versuchte Zilly, diese Gedanken zu verdrängen, aber sie ließen sich nicht wegsperren. Hinzu kam die Sorge um Ethan. Hatte er sich an dem Seil halten können? Oder hatte das Wachs sich gelöst und das klebrige Sekret am Seil hatte sich um Ethan gewickelt? Und was, wenn das Wesen aus der Dunkelheit Ethan entdeckt und verschlungen hatte?

Endlich erreichte die kleine Schar die Stelle, an der Zilly Ethan zurückgelassen hatte. Zilly sah ihn als erste.

„Da seid ihr ja!", sagte er. „Ihr habt aber ganz schön lange gebraucht!"

Nie hatte Zilly sich mehr über einen flapsigen Spruch gefreut als in diesem Moment. Ethan lebte. Er hatte nichts von seinem Mut eingebüßt. Er versuchte einfach, ihnen allen keine Angst zu machen und nicht zu jammern. Ethan war zwar nur ein Mann, der es nicht einmal geschafft hatte, heil zwischen diesen Fangarmen hindurchzufliegen, trotzdem hatte Zilly das Gefühl, jetzt würde alles gut werden.

Seine Mutter übergab ihm ein neues Paar Flügel, das sie extra für ihn angefertigt hatten und Zilly begann, die klebrigen, unteren Teile der Stricke im näheren Umkreis abzuschneiden, um einen sicheren Kampfplatz herzustellen, falls etwas aus der Dunkelheit auftauchen und angreifen würde.

„Hej", rief sie „das sind gar keine Fangarme, sonst müsste das Wesen, oder was auch immer es ist, ja aufschreien, wenn man sie abschneidet."

„Nein, das sind sie nicht!", sagte eine sehr alte Jägerin.

„Damals, in der Zeit der großen Dunkelheit, sind Jägerinnen

in den Kampf gezogen. Sie nahmen Seile aus dicken Pflanzenfasern mit. Es war die Rede von Netzen. Fangnetzen."

Warum, dachte Zilly, warum hatten sie das nie erzählt?

„Was weißt du sonst noch über die Zeit der großen Dunkelheit?"

„Damals trauten sich immer weniger Jägerinnen hinaus in den einst so bunten Raum hinter der Himmelskuppel. Angst machte sich breit. Die alten Jägerinnen fürchteten, dass dort draußen ein Unwesen hausen würde, das alles Helle, alle Lichtkugeln in sich aufsaugen würde. Auf Geheiß des Hohen Rates mussten sie losziehen, um herauszufinden, was für ein Untier dort oben in der Dunkelheit lauerte. Notfalls sollten sie es in einem Netz verschnüren und aushungern. Sie meinten, es würde sterben, wenn es dort oben gefangen bliebe und keine Nahrung mehr bekäme. Anfangs schien es, als sei es genauso gekommen, als sei ihr Plan aufgegangen, denn nachdem die Jägerinnen zurückgekehrt waren, gab es viele Jahre lang wieder Lichtkugeln. Das Leben im Land lief weiter.

Die Jägerinnen, die beim Kampf gegen das Unwesen dabei gewesen waren, sprachen kaum jemals über das, was sie erlebt hatten. Deshalb haben wir jetzt auch keine Erklärung dafür, dass die Dunkelheit erneut so weit fortschreiten konnte. Wir fürchten aber, dass das Unwesen aus der Zeit der Dunkelheit noch existiert. Vielleicht hat es in einer Art Winterschlaf all die Jahre überdauert, bis es aufgewacht ist. Irgendwie muss es dann trotz der Fesseln an Nahrung herangekommen sein und jetzt holt es sich wahrscheinlich Lichtkugeln mit den Klebeseilen."

„Könnten wir das Wesen vertreiben? Aber wohin und wie mit so wenig Fliegern? Könnten wir sein Maul mit Wachs verkleben und es verhungern lassen? Hat es überhaupt ein Maul? Und das Aushungern ist schon früher schief gegangen... Wer hat das Wesen je gesehen? Wer weiß, wie es die Lichtkugeln in sich aufsaugt?", fragten Ethan und Zilly. Ethans Mutter mischte sich ein:

„Ich habe einmal ein Gespräch zwischen älteren Jägerinnen belauscht. Sie redeten leise von dem Kampf damals und dass sie das Unwesen tatsächlich gefunden hatten. Es war riesig und grausam und verfügte über eine unvorstellbare Energie. Schon seine schiere Größe, seine Lautstärke und der Blick aus den glühenden Augen unter dem schwarzen Fell ließ die Jägerinnen erzittern. Das Unwesen verbreitete eine Aura von Angst um sich und konnte mit seiner dunklen Energie Macht über andere Wesen ausüben. Wen der Blick aus seinen weiß-glühenden Augen traf, der musste sich dem Ungetüm unterordnen. Auf diese Weise hatte es Jägerinnen seinem Willen unterworfen und gezwungen ihm Lichtkugeln zu beschaffen. Viele von ihnen waren dabei verhungert; nur eine ausgemergelte Frau war noch dort. Trotz ihrer Furcht vor dem Untier gab sie ihren Schwestern den entscheidenden Hinweis, von wo aus sie das Netz über das Tier werfen konnten, ohne von ihm gesehen zu werden, denn die Augen des Untiers waren normalerweise unter seinen langen Fellzotteln verborgen, was seine Sicht einschränkte und die Jägerinnen zunächst vor seinem Blick schützte. Die alten Jägerinnen erinnerten sich schaudernd, wie das Wesen gebrüllt und getobt hatte, wie es versucht hatte, sie mit seinem Blick zu treffen:

‚Die Stricke sitzen fest. Das Ungetüm kann sich nicht befreien. Wir brauchen uns also nicht ängstigen', hatten sie sich immer wieder versichert, aber sie wurden die Furcht nicht los. Die Angst vor dem Ungetüm und der enormen Energie, mit der es ihren Willen zum Widerstand niederschlagen konnte, war so groß, dass die alten Jägerinnen alles vergessen wollten, was sie damals erlebt hatten. Deshalb sprachen sie selten und nur untereinander über den Kampf gegen das Unwesen. Was die Frauen damals aber gesehen hatten, war, dass das Wesen einen riesigen Bauch hatte. Sie vermuteten, dass es die Lichtkugeln in Körpermasse umwandelte, meinten allerdings, dass es eine Zeit lang dauern würde, bis die Kugeln umgewandelt wären: ‚Das Wesen schluckt die Lichtkugeln und sie landen zuerst im Bauch', hatten sie gesagt."

Zilly dachte an das Messer ihres Vaters. Es war ein besonderes Messer, nicht nur scharf, sondern auch hell. Es leuchtete, als sei es selbst eine Lichtkugel.
„Verteilt Euch!", rief sie den anderen zu. „Ruft, brüllt, zerrt an den Seilen, lenkt das Wesen ab, aber seht nicht dorthin, wo das Gebrüll herkommt und die Augen sein könnten. Schützt euch vor den Blicken!"
Ethan hatte eine Ahnung von Zillys Vorhaben:
„Lass mich das tun!", sagte er.
„Nein", entgegnete Zilly bestimmt. „Du hast eine laute Stimme, du bist stark, du gibst den anderen Mut. Du musst hier bei ihnen bleiben."
Zilly flog los, das Messer in der Hand, immer weiter in die Dunkelheit auf das Unwesen zu. Das Messer wies ihr den

Weg, als würde es angezogen von dem dunklen Wesen. Sie flog, bis vor ihr eine haarige, schwarze Masse auftauchte. „Es sieht aus wie ein Wesen aus Fleisch und Blut", dachte sie. „Wenn es ein lebendes Wesen ist, muss es verwundbar sein. Ich kann dagegen kämpfen und habe den Überraschungseffekt auf meiner Seite."

Aus der Tiefe des riesigen Bauches drang ein Röhren, eine Art lautes Rummeln. Der Bauch wackelte. Zilly hörte Ethan und die Jägerinnen johlen.

Sollte das Rumoren des Tieres etwa Gelächter sein? Verspottete es die Jägerinnen, die an seinen Stricken zerrten? Zilly wurde zornig.

„Hier", dachte sie, „hier ist die Mitte, der Bauch des Ungetüms, hier drin ist alles Licht verschwunden, und jetzt hat es ein Ende damit."

Sie stach zu.

Ein Schmerzenslaut von unvorstellbarer Lautstärke. Die Jägerinnen erschraken. Das Ungetüm versuchte, sich zu Zilly umzuwenden. Sie stach noch einmal zu, überlegter diesmal, im rechten Winkel zum ersten Schnitt, um das Loch zu vergrößern. Sie schnitt einen großen Hautlappen heraus. Es blutete nicht, stattdessen knallten Lichtkugeln mit blitzartiger Geschwindigkeit aus dem Loch heraus und stoben in verschiedenen Richtungen davon, bevor Zilly auch nur der Gedanke gekommen war, sie zu ergreifen. Auch ohne die Kugeln wurde es langsam hell. Langsam, ganz langsam breitete sich ein graues Licht aus an der Stelle, wo vorher das Dunkle gewesen war. Die Masse, aus der das Untier bestanden hatte, schien sich in ein fahles Licht zu verwandeln. Von dem Wesen selbst blieb nichts zurück. Nur die Stricke, die es gefesselt hatten, segelten als loses Netz herab.

Die Dunkelheit wich so allmählich, dass die Jägerinnen und Flieger es kaum glauben konnten. Sie kamen zusammen, zählten wer noch da war, untersuchten verletzte Flügel, strichen über Wunden, bis die alte Jägerin sagte:

„Amalia fehlt. Wir haben Temmes Tante Amalia verloren."

Alle blicken um sich, versuchten das Dämmerlicht mit den Augen zu durchdringen und eine Spur von Amalia zu erhaschen, aber in dem weiten, wabernden Dunst war nichts zu sehen. Die alten Jägerinnen waren erschöpft und auch bei Zilly und Ethan ließen die Kräfte nach.

„Wir können jetzt in der Dämmerung nichts tun", sagte Zilly schließlich resigniert. „Lasst uns zurückfliegen, sonst schaffen wir es nicht mehr bis nach Hause. Ich werde Temme sagen, dass wir später zurückkommen und nach seiner Tante suchen werden, und zwar so lange, bis wir sie gefunden haben."

Zilly und die restlichen Männer und Frauen flogen durch den unwirklichen Nebel, ein Zwischenreich, nicht mehr dunkel, aber auch nicht sonnenhell. Einer nach dem anderen durchbrach die Himmelskuppel und trat in die Atmosphäre ein. Sie hatten keine Lichtkugeln dabei, aber unten standen Horace, Temme, Zillys Mutter und all die anderen und begrüßten sie mit Glückwünschen und Tränen der Erleichterung. Keiner traute sich zu fragen, ob die Dunkelheit wirklich besiegt war.

Nur Temmes kleiner Bruder zerrte an der weiten Latzhose des Älteren:

„Du hast gesagt, wenn sie zurückkommen, bringen sie bunte Lichtkugeln mit. Die schönsten Kugeln, in meiner

Lieblingsfarbe, lila Kreise sollten drauf sein. Wo sind die Kugeln? Du hast es versprochen!"

Temme schob den Kleinen zu seiner Mutter, ohne zu antworten. Ihn interessierten keine Kugeln, keine Farben, Licht oder Dunkelheit. Er lief auf Zilly zu in einem Tempo, das er sonst nur an den Tag legte, wenn er schwärmende Bienen wieder einfangen wollte, und drückte sie an sich.

Zilly löste sich schnell wieder aus seinen Armen:

„Temme, dein Wachs und auch der Blütenpollen haben uns gerettet. Ohne dich hätten wir keine Flügel bauen können. Ohne dich hätte mich da oben der Mut verlassen..."

„Und ich wäre gestorben, wenn wir dein Wachs nicht gehabt hätten", sagte Ethan.

Zilly wurde rot.

„Es ist schon gut", sagte Temme und leiser fügte er hinzu:

„Ich habe es gewusst, als du zurückkamst und wir Flügel für die Männer und ein besonders gutes Paar für Ethan..."

„Da! Jetzt guckt doch mal", schrie Temmes kleiner Bruder. Er zappelte an der Hand seiner Mutter, streckte den freien Arm gerade nach oben:

„Temme nun guck doch! Da kommt Tante Amalia mit einer Kugel!"

„Tante Ammi, zeig doch mal!", rief er in den Himmel. „Sind da noch mehr Kugeln?"

Zilly schoss zu Amalia hinauf. Sie fühlte sich herrlich leicht.

142

Der geheimnisvolle Garten

Etwas in diesem Halbdunkel erregte meine Aufmerksamkeit. Ein Lichtschein, der durch das Mauerwerk
quoll. Ein schmaler, dünner Streifen fiel direkt auf die
kalten, unebenen Pflastersteine und spiegelte sich im
schmutzigen Wasser einer der unzähligen Pfützen auf dem
Boden.
Von Neugier getrieben bewegte ich mich darauf zu, meine
Schritte hallten unheimlich und hohl in der kleinen Gasse
wider. Langsam und wohl darauf bedacht, nicht auf dem
nassen Boden auszurutschen, näherte ich mich der hohen
verwitterten Mauer. Efeu rankte daran empor und bot
zahlreichen Krabblern ein Versteck. Zu meinem großen
Erstaunen wurde der Lichtschein breiter. Ich stand nun
direkt vor einem mannshohen Spalt, der so breit war, dass
ich noch ebenso hindurch passen würde.
Vorsichtig riskierte ich einen Blick auf das, was bis vor
kurzem noch durch die Mauer verborgen war.
Viel konnte ich nicht ausmachen. Es schien sich jedoch um
einen Garten zu handeln, der sich in einem desolaten
Zustand befand. Den Hauptbestandteil bildeten Büsche und
Bäume. Die mächtigen Eichen sahen aus, als würden sie
Kleider aus Efeu tragen, so dicht umhüllte ihr Blattwerk die
mächtigen Stämme. Einige wilde Rosen steckten ihre
kleinen, weißen Köpfe daraus hervor. Sie bildeten den
einzigen farblichen Kontrast. Der Lichtschein, der auf die
Straße fiel, rührte augenscheinlich von einer alten, rostigen
Straßenlaterne, die ein wenig verloren in diesem Ensemble
aus wilder Schönheit wirkte. Gerade als ich mich wieder

zum Gehen wenden wollte, blitzte etwas zwischen den Blättern der Büsche auf. Noch ein Licht?

Ich konnte der Versuchung nicht widerstehen und allem Unbehagen zum Trotz zwängte ich mich durch die Öffnung. Gar nicht so leicht, sich einen Weg durch das Gestrüpp zu bahnen. Dornenbesetzte Rosenranken verfingen sich in meinen Hosenbeinen, erschwerten so mein Vorankommen. Als würden sie mich aufhalten wollen! Doch meine Neugier war größer. Ich wollte wissen, welches Geheimnis dieser verwunschene Garten zu offenbaren hatte. Nach kurzem Kampf trat ich zwischen zwei Büschen auf einen schmalen Pfad, der direkt auf ein kleines, untersetztes Häuschen zulief. Windschiefe Fensterläden hingen in rostigen Scharnieren und verliehen diesem Hexenhäuschen ein mürrisches Aussehen. Das strohgedeckte Dach war schon an einigen Stellen eingefallen und ließ an zugige Nächte denken. Von den mit Moosflechten bewachsenen Fensterrahmen blätterte bereits die Farbe. Dieses Gebäude hatte wahrlich bessere Tage gesehen. Die schmutzigen Fensterscheiben entließen den flackernden Schein von Kerzenlicht. Wer lebte wohl freiwillig in so einer grauenhaft windschiefen Hütte? Diese Frage hatte durchaus ihre Berechtigung. Obwohl nichts für einen Besuch sprach, fühlte ich mich auf irgendeine Weise magisch angezogen von…? Ja von was?

Meine Beine schienen sich von alleine zu bewegen. Einen Schritt, dann noch einen. Langsam, fast willenlos setzte ich meinen Weg in Richtung Haus fort.

Dann stand ich tatsächlich vor der kleinen, hölzernen Eingangstür, über der ein Schild hing, auf dem in verschnörkelten Buchstaben stand:

144

MADAME MALORY`S ZAUBERLADEN

Meine Hand drückte wie von selbst die gusseiserne Klinke herunter. Die Tür öffnete sich mit einem leisen Knarzen, und eine kleine Traube von Messingglöckchen fing aufgeregt zu bimmeln an. Ich erschrak zutiefst, betrat aber dennoch, wenn auch ein wenig zögerlich, das Innere des Hauses. Der Raum, der sich mir offenbarte, versetzte mich in Erstaunen. Unzählige Holzregale reihten sich dicht aneinander, reichten bis zur Decke des Raumes und waren vollgestopft mit absonderlichen Dingen:

Da gab es Gläser, gefüllt mit Flüssigkeiten, in denen Gebilde schwammen, für die ich keine rechten Worte finden konnte. Eines sah aus, als wäre es mit lauter Frosch- oder Fischaugen gefüllt. In anderen schienen abgetrennte Krallen von Vögeln ein Eigenleben zu entwickeln. Es erregte jedenfalls den Anschein, da unablässig dicke Blasen in der zähen, grünlich schimmernden Flüssigkeit aufstiegen. Krochen da nicht dünne Nebelschwaden zwischen den Gläsern umher? Oder spielte mein Verstand mir einen Streich? Und überall in den Regalen standen Bücher. Verstaubt und vergilbt blickten sie hinter milchig schimmernden Glasvitrinen hervor. Von der Decke baumelten büschelweise getrocknete Kräuter und Wurzelstöcke, ein eigenartig süßlicher Duft durchzog den Raum und hinterließ in meinem Kopf eine unangenehme Schwere. Hinter der Ladentheke stand ein größtenteils erblindeter Spiegel, der vom Boden bis zur Decke reichte. Imposant thronte er über der ausladenden Theke und sorgte so für eine gespenstische Atmosphäre. Es schien hier drinnen keinen einzigen freien Platz zu geben, soweit das Auge reichte. Ich war so vertieft in meine Betrachtung, dass ich bis ins Mark erschrak, als ich das Schlurfen von Schritten aus einem angrenzenden Raum vernahm. Ich wirbelte herum und blickte auf einen Durchgang, den ich zuvor gar nicht wahrgenommen hatte. Ein schwerer, mit Goldfäden durchwirkter Vorhang versperrte mir die Sicht in den dahinter liegenden Raum. Schleppend näherten sich Schritte… stoppten. Eine knochige Hand schob sich zwischen die Stoffbahnen, teilte den Vorhang und zum Vorschein kam ein ältliches Mütterlein in einem geblümten Schürzenkleid. Das Haar leicht ergraut und zu einem Dutt zusammengebunden, dieser wiederum thronte hoch oben auf ihrem Kopf. Ihr Gesicht war übersät von Runzeln und ihre knopfrunden Augen blickten mich forschend an.

Alles in allem wirkte ihre Erscheinung eher harmlos, oder wollte ich mir das nur einbilden? Sollte ich Grund zur Panik haben? Mit einem leisen Seufzer atmete ich aus, vor lauter Anspannung hatte ich das tatsächlich vergessen. Was hatte ich denn erwartet, hier vorzufinden? In diesem Haus? Die Knusperhexe oder Frankensteins Großmutter?

„Guten Abend, junger Mann!", begrüßte mich die Alte mit einem ansatzweise freundlichen Lächeln, entblößte dabei jedoch eine Reihe windschiefer Zähne.

Ich wünschte ihr ebenfalls einen guten Abend.

Auf ihre Frage, was mich denn in diese Gegend verschlagen habe, wusste ich nicht recht, was ich sagen sollte. So druckste ich ein wenig herum.

„Nun, es wird schon seinen Grund, haben warum Sie hier sind", unterbrach sie mein verlegenes Gestammel.

„Vielleicht kann ich Ihnen ja in irgendeiner Weise behilflich sein?"

Aber auch darauf wusste ich nichts zu antworten. Ganz im Ernst, was wollte ich eigentlich hier?

Mein Gehirn schien mit Abwesenheit zu glänzen. Ihr Blick in mein ratloses Gesicht veranlasste sie erneut zu einem zuckersüßen Lächeln. Nun, es war zumindest der Versuch zu lächeln. Er scheiterte kläglich.

„Darf ich Ihnen wenigstens eine Tasse Tee und ein wenig Gebäck anbieten, während Sie noch über den Grund Ihres Hierseins nachsinnen?"

Etwas geschah hier, hatte sich auf seltsame Weise verändert und nicht zum Guten, wenigstens das konnte ich mit Gewissheit sagen. Da war etwas in den Augen meines Gegenübers. Ich wusste nicht, was. Ich hatte jedoch eine ungute Ahnung und von diesem Augenblick an konnte ich meinen Blick nicht mehr von ihr abwenden, ich war wie hypnotisiert. Alle Alarmsirenen in mir schrillten und mein Verstand riet eindringlich, besser nichts, aber auch rein gar nichts, von dem anzunehmen, was mir Madame Malory anbieten würde. Aber leichter gesagt als getan. Es sah so aus, als würde sich mein Wille ebenso verhalten wie mein Verstand. Er glänzte schon wieder mit gefährlicher Abwesenheit. Ich fühlte mich wie eine Marionette. Was geschah hier mit mir?

Eine Hand, die wie meine aussah, griff nach der Tasse Tee, die Madame Malory mir hinhielt. Langsam führte ich sie zum Mund, die warme Flüssigkeit benetzte meine Lippen. Süß und zugleich bitter füllte sie meine Mundhöhle, lief langsam und ölig meine Speiseröhre hinab. Ich fühlte jeden verdammten Zentimeter, konnte aber nichts dagegen tun. Als sie meinen Magen erreichte, breitete sich lähmende Müdigkeit in mir aus und eine grauenvolle Dunkelheit bemächtigte sich meines Geistes.

Madame Malory öffnete, ein kleines, mit einer dicken Staubschicht bedecktes Schränkchen, das wohl verschlossen und gut versteckt in einem der vielen Regale stand und augenscheinlich nur zu besonderen Gelegenheiten hervorgeholt wurde.

Heute war so ein besonderer Moment.

In diesem Schränkchen befand sich eine ganz außergewöhnliche Sammlung von Miniaturfiguren. So lebensecht und detailgetreu, dass es der alten Dame eine diebische Freude bereitete, sie anzusehen:

Da gab es junge Dirnen mit farbenfrohen Sonntagskleidern, spitzbübische Knaben in Latzhosen, einen alten Mann in Polizeiuniform, eine dickliche Bauersfrau… Ja, sogar ein frecher Rauhaardackel zierte die Sammlung.

Ich habe Hunde noch nie leiden können, doch zu meinem großen Entsetzen stellte Madame Malory mich genau dorthin. Auf den freien Platz neben diesem Dackel. Denn vom heutigen Tag an bereicherte noch ein weiterer Gast diese Sammlung. Auf ewig würde ich sie bereuen, meine allzu große Neugier.

Einfach anders als erwartet

Mein Name ist John. Ich bin 43 Jahre und mit meinen stattlichen 1,93 m nicht zu übersehen. Durchtrainiert und braungebrannt. Dunkle, kurzgeschnittene Haare und Augen, die in ihrer Farbe einer karibischen Lagune gleichen. Gekrönt von einem Lächeln, das mir die Frauen reihenweise zu Füßen liegen lässt. Doch bin ich keineswegs eingebildet oder arrogant, auch wenn meine Selbstbeschreibung das vielleicht vermuten lässt. Ich bin eher höflich, zurückhaltend und charmant, habe keine ansteckenden Krankheiten, obwohl bei dieser einen Macke von mir bin ich nicht so sicher. Ja tatsächlich gibt es da einen wunden Punkt. Im Prinzip ist mein Leben wirklich perfekt, wäre da nicht eben dieses kleine Übel, das mir nun schon geraume Zeit das Leben schwermacht. Ich versuche, ein ganz normales Singledasein zu führen. Der Job in der Anwaltskanzlei füllt mich aus und macht nebenbei auch noch Spaß. Meine Freizeit ist bestimmt von sportlichen Aktivitäten, Treffen mit Freunden und dem ein oder anderen Date mit einer attraktiven Frau. Allerdings ist noch nie etwas von Dauer dabei gewesen.
Wohl auch besser für alle Beteiligten.
Wie schon erwähnt, meine dunkle Seite, dieses Geheimnis, das ich nun schon so lange mit mir rumtrage und noch niemals mit jemandem teilen konnte.
Das soll mit dem heutigen Tag anders werden. Für dich werde ich eine Ausnahme machen, du darfst mich heute Nacht begleiten und ja, es muss heute Nacht sein, es geht nur in dieser einen magischen Nacht im Monat. Du wirst die Einzige sein, der ich erlaube, mein Geheimnis mit mir zu

teilen. Dazu werden wir in einen nahegelegenen Wald fahren, es ist der geeignetste Ort dafür. Dort wirst du auf einen der Bäume klettern müssen und zwar so weit hinauf, wie du kannst!

Und egal, was du siehst oder hörst, bleib auf dem Baum, komm' um nichts in der Welt hinunter. Versprich mir das! Bist du bereit? Dann lass uns gehen…

Hier sitze ich nun, hoch oben auf einem Baum, in einer wundervollen Vollmondnacht, mitten im Wald…
Eigentlich habe ich mir mein Date mit John, den ich erst vor kurzem kennengelernt habe, so ganz anders vorgestellt.
Mein Name ist Jean, ich bin 38 Jahre und 1,78 m groß. Ich trage Konfektionsgröße 36 und habe Kurven, mit denen ich jeden Mann um den Verstand bringe. Meine nachtschwarze Mähne fällt in weichen Wellen bis über meine Hüften und steht im krassen Gegensatz zu meinem blassen Teint. Freche, froschgrüne Augen versprechen die Sterne vom Himmel. Auch in ihnen liegt ein Geheimnis, ein vielleicht noch dunkleres als das von John. Wie er fröne ich einem alltäglichen Leben oder besser gesagt einem allnächtlichen. Ich kann durchaus charmant, zauberhaft und verführerisch sein, wenn ich will, trotz alledem beschränken sich meine Beziehungen eher auf eine gewisse Kurzlebigkeit.
Durch einen Spalt in der Wolkendecke fällt das erste Licht des Vollmondes wie ein Wasserfall auf den dunklen Waldboden. Silbrig glitzern moosbedeckte Baumstämme in seinem kalten fahlen Licht. John steht reglos da. Scheinbar zu keiner Bewegung fähig, nur um dann urplötzlich in sich zusammenzufallen. Zuckend und sich vor Schmerzen krümmend bleibt er auf dem Erdboden liegen. Ich bin zu Tode erschrocken.

Mein Körper wird geschüttelt von Krämpfen. Ich fühle mich fiebrig, unglaubliche Hitze pulsiert durch meine Adern. Animalische Energie flutet mein Hirn, übernimmt mein Denken, lässt meinen Körper unkontrolliert zittern. So liege ich krampfend auf der kühlen Erde. Knochen brechen, bilden sich neu, wachsen schmerzhaft wieder zusammen. Sehnen und Muskeln dehnen sich, werden stärker, mutieren zu enormer Größe. Hände und Füße verwandeln sich zu krallenbesetzten Klauen. Meine Haut reißt, bricht blutend auseinander, gibt mein Innerstes frei. Fell sprießt aus meinen Poren. Meine Kleidung liegt zerrissen neben mir auf der Erde, diese Konfektionsgröße ist mir nun um Nummern zu klein.

Mein schmerzverzerrtes Gesicht ist zu einer Fratze geworden. Gelbe, durchdringende Augen blitzen in die Dunkelheit. Scharfe Reißzähne füllen meinen Mund, der nunmehr einer fellbedeckten Schnauze gleicht. Geifer läuft mir von den Lefzen. Da ist etwas! Ich nehme Witterung auf… Der Geruch von Blut. Jemand ist hier. Ein Heulen zerreißt die Stille der Nacht. Es ist mein Heulen, das Heulen eines Wolfes, auf der Jagd nach Beute. Knurrend umkreise ich den Baum.

Zur Eisskulptur erstarrt, hocke ich im oberen Geäst des Baumes und blicke auf das, was sich zu meinen Füßen abspielt. Mit dieser Entwicklung hatte ich nicht gerechnet, aber ich denke, es könnte ein überaus interessanter und reizvoller Abend werden. Neugierig beobachte ich die Kreatur unter mir, wie sie gierig und lauernd um den Baum schleicht. Sein Heulen lässt eine Gänsehaut auf meinem Rücken entstehen, und pure Erregung fährt durch meine Adern. Meine Finger krallen sich fester in den Ast, auf dem ich sitze. Ich empfinde keine Abscheu, keinen Hass, kein Mitleid, nur Hunger. Schmerzhaften, unerträglichen Hunger, verlangend und gierend. Ein vertrauter, berauschender Geruch steigt mir in die Nase. Ich wittere Blut, lebendig und warm, spüre das Pulsieren eines Herzens… Stark und kräftig schlägt es gegen einen mächtigen Brustkorb. Das klagende Heulen des Werwolfes durchreißt die Stille der Nacht, und mein Jagdtrieb erwacht.

Ich blicke hinauf, und im Licht des Mondes blitzen zwei scharfe Reißzähne!

Freudig erregt fahre ich mit der Zunge darüber, dann lasse ich mich fallen, in die Arme des Wolfes.

Und im Licht des Silbermondes wird sich zeigen, wer von uns beiden die Beute ist.

152

BEFREIUNGSGESCHICHTEN

Was kann denn an einer Tasse Kaffee so gefährlich sein?
Melanie hätte sich das in ihren kühnsten Träumen nicht
vorstellen können.

Und was um Himmels willen hat eine harmlose Einladung
zu Kaffee und Kuchen mit dem Sündenfall zu tun?

Seid ihr neugierig geworden, dann nehmt die Einladung zu
einem Tässchen davon an und lasst euch überraschen.

Bemerkt ihr sofort, wenn jemand Spielchen mit euch treibt?
Seid ihr sicher?

Carpe Diem oder genieße den Tag. Dieser Ausspruch
bedeutet offensichtlich für jeden etwas anderes, denn so war
das Ganze gewiss nicht geplant.

Was bedeutet Zeit schon für jemanden, der unzählige
Wechsel von Generationen miterlebt hat? Jemanden, der
tausendundeine Geschichte erzählen könnte und doch kein
Wort herausbekommt.

Kaffee für Melanie

Es war doch immer dasselbe. Egal welches Thema aufkam, es gab immer Streit. Und mit jedem Streit schlugen die Wogen höher. Bis zur Eskalation war es nur noch eine Frage der Zeit. Ihr Zusammenleben glich nur noch einem Konstrukt aus Scharmützeln wie auf einem Kriegsschauplatz. Ein Kartenhaus kurz vor dem Einsturz. Im Leben kam es ja immer anders als gedacht. Dieses Zusammentreffen würde zu einem letzten Streitgespräch führen, es wurde Zeit, endgültig einen Schlussstrich zu ziehen und die Koffer zu packen. Gerade so, wie der Sommer da draußen die letzten schönen Tage einpackte, um endgültig dem Herbst Platz zu machen. Sie hörte seine Worte schon gar nicht mehr, es war ihr, gelinde gesagt, scheißegal.

Vorsichtig nippte sie an dem Kaffee, den er ihr eingeschenkt hatte. Er war heiß und ein wenig bitter. Genauso bitter wie ihre Beziehung, schoss es ihr durch den Kopf. Sie nahm noch einen Schluck… Die schwarze Brühe rann ihre Kehle hinunter. Langsam, unaufhaltsam. Genauso langsam entfaltete das Gift darin seine Wirkung. Melanie wurde warm. Schweißperlen traten auf ihre Stirn, rannen ihr über die Nase, fahrig wischte sie sie fort. Ihr wurde schwindelig. Vor ihr verschwammen die Umrisse des Kaffeegeschirrs. Benommen schüttelte sie den Kopf. Was war hier los? Was passierte hier?

Ihr kam ein schrecklicher Gedanke. Sollte dieser elende Schweinehund es gewagt haben? Konnte er tatsächlich so kaltblütig sein?

Verdammt!

Ihr Herzschlag glich dem einer riesigen Bronzeglocke, wurde mit jedem Schlag langsamer. Dann leiser und leiser… Sie sackte neben dem Küchentisch zusammen. Sollte das nun tatsächlich das Ende sein? So fühlte es sich also an, zu sterben? Der TOD war starr und kalt. Bitterkalt. Erfasste mit eiskalten Fingern ihre Glieder. Das machte ihr eine Scheißangst, doch halt…Moment. Wieso konnte sie so etwas fühlen? Überhaupt fühlen? War sie denn jetzt tot oder nicht? Panik stieg in ihr auf und es kostete sie enorme Anstrengung, sich wieder einigermaßen in den Griff zu bekommen. Sie konnte denken. Okay, das war ja schon mal was. Also weiter, was konnte sie noch wahrnehmen?

Ihre rechte Wange klebte auf den eiskalten Fliesen des Küchenbodens, den Rest ihres Körpers spürte sie nicht. Als sie versuchte, die Augen zu öffnen, gelang ihr das nur teilweise. Durch einen kleinen Schlitz konnte sie schemenhaft die Beine des Küchentisches erkennen. Melanie zermarterte sich ihr Hirn. Wieso war sie nicht tot?

Gift im Kaffee. Roberts Absichten waren doch mehr als eindeutig gewesen. So eine üble Nummer hätte selbst sie ihm nicht zugetraut. Es fiel Melanie wie Schuppen von den Augen. Dieser miese Wicht hatte bestimmt was von dem Zeug aus dem Labor, in dem er arbeitete, mitgehen lassen. Verdammt, hätte sie nur besser aufgepasst, als er immer mal versucht hatte, ihr von seiner Arbeit zu erzählen, dieser immens wichtigen Forschungsarbeit. Sie hatte nur ein müdes Lächeln dafür übrig gehabt. Es war einfach nur uninteressant für sie, so wie alles, was er tat. Aber jetzt? Jetzt entpuppte sich dieses Wissen als überlebenswichtig. Wer aber hätte das ahnen können?! Verzweifelt kramte sie in ihrer Erinnerung und wurde tatsächlich fündig.

Robert hatte irgendwann einmal ein Mittel erwähnt, das den Körper komplett lähmen konnte, ähnlich einer Totenstarre, nur dass die Person geistig völlig klar blieb. Hatte er auch erwähnt, wie lange diese Starre anhielt? Verflixt, diese Erinnerung blieb ihr verschlossen. Und warum sollte sie nicht gleich das Zeitliche segnen? Gab es dafür einen Grund? Oder vielleicht gab es auch gerade kein besseres Gift im Angebot, wer weiß?

Gedämpfte Stimmen drangen an ihr Ohr. Roberts war unverkennbar eine davon. Aber wer war die andere Person? Hatte er einen Komplizen? Unfassbar, die ganze Sache wurde immer abstruser. Konnte dieser Versager denn nichts alleine?

Schritte näherten sich, das Klacken von hohen Absätzen verriet ihr, dass sich die beiden Täter jetzt direkt bei ihr in der Küche befanden, in der sie zur Bewegungslosigkeit verdammt auf dem Boden lag.

Eine Frauenstimme fragte neugierig: „Und sie ist wirklich nur gelähmt?"

„Ja, ist sie. Komplett gelähmt", antwortete Robert.

„Sie sieht aber verdammt tot aus, mein Lieber!"

Jetzt erkannte Melanie auch diese Stimme und sie kannte sie nur zu gut. Wie oft hatte sie ihr am Telefon stundenlang gelauscht, um den neusten Klatsch zu erfahren. Es war Christianes Stimme. Christiane, ihre beste Freundin. Ex-beste-Freundin, verbesserte sie sich sofort in Gedanken. Worst case vom Feinsten. Hatten die beiden etwas miteinander? Offensichtlich ja. Sollte sie tatsächlich so blind gewesen sein? Nichts, absolut gar nichts davon hatte sie bemerkt. Und jetzt war dieses saubere Pärchen dabei, einen Mord zu verüben. Ihren Mord!

„Noch ist sie es nicht", sagte Robert mit einem nervösen Unterton in der Stimme.

„Und wir müssen uns auch etwas beeilen mit dem, was wir vorhaben. Ich weiß nämlich nicht hundertprozentig, wie lange die Wirkung von diesem Zeug anhält. Es ist noch in der Entwicklungsphase."

„Ja, schon gut, das weiß ich ja. Du bist wirklich sicher, dass sie alles hören kann, was wir hier reden?"

Robert nickte stumm. Christiane strich der am Boden liegenden Melanie sanft übers Haar.

„Uhhh, das ist schon ein bisschen gruselig. Meinst du nicht, Mel?"

„Du bösartiges Stück Dreck!" fluchte Melanie innerlich. „Du bist doch krank im Hirn. Aber so leicht werde ich es dir nicht machen."

Denn inzwischen kehrte wieder Leben in ihre kalten Glieder. Die Zehen fingen langsam an, zu kribbeln. Auch die Finger konnte sie wieder spüren.

Gerade pflaumte Christiane Robert an: „Und du, komm mal wieder runter. Wir machen es wie besprochen, das klappt schon. Ist alles vorbereitet. Der Wagen steht bereit, wir brauchen nur unser Gepäckstück hier einzuladen und raus geht's zum See. Dann heißt es bye, bye für unsere liebe Mel und deine alte Klapperkiste. Sie werden ein schönes, neues Zuhause haben, ein wenig feucht, aber daran werden sie sich schnell gewöhnen. Alles wird nach einem Unfall aussehen, mein Schatz." Christiane kicherte.

Robert schluckte hörbar: „Respekt vor deiner Abgebrühtheit, Chrissi."

Schatz? Chrissi? Melanie meinte, sich übergeben zu müssen.

„Einen Mord in der Theorie zu planen, ist eine Sache", fuhr Robert fort. „Ihn dann aber praktisch durchzuführen, irgendwie doch ganz anders. Das lässt sich nicht üben, ich hätte auch nicht gedacht, dass mir die ganze Sache so zusetzt. Es ist in keiner Weise vergleichbar mit einer tot geklatschten Mücke an der Wand oder einer Spinne im Staubsauger."

„Knick mir jetzt bloß nicht ein!" Christiane funkelte ihn herausfordernd an. „Wir haben die Sache zusammen geplant, wir ziehen das hier jetzt auch gemeinsam durch. Darf ich dich daran erinnern, dass du es warst, der unbedingt ein menschliches Versuchsobjekt für seine Forschung wollte?! Aber du mutierst doch nicht gerade allen Ernstes zu einem Schlappschwanz oder etwa doch?"

Robert schüttelte energisch den Kopf.

„Na also, dann pack endlich mit an. Ich will das hier hinter mich bringen!"

So also sah ihr Plan aus. Raffiniert, das musste Melanie durchaus anerkennen. Zum See würde es ungefähr dreißig Minuten dauern. Sie konnte nur hoffen, dass die Betäubung ihren Körper bis dahin vollends verlassen hatte.

Unsanft wurde sie an Schultern und Füßen gepackt und unter lautem Ächzen und Stöhnen zur Wohnungstür geschleift.

„Geschieht euch ganz recht", dachte Melanie. „Wartet es nur ab."

Draußen dämmerte es bereits, die Luft war kühl. Keuchend und fluchend schleppten Robert und Christiane die vermeintlich vollständig Gelähmte zu dem rostigen Pick-up, der geduldig auf der Auffahrt wartete.

„Das hättest du dir auch nicht träumen lassen, alte Rostlaube", dachte Melanie. „Da wirst du auf deine alten Tage glatt zum Komplizen in einem waschechten Mord. Tja, so schnell kann das gehen und niemand hat uns in dieser Angelegenheit nach unserer Meinung gefragt, oder?"

Unter einiger Anstrengung hievten die angehenden Mörder ihr Opfer auf die Ladefläche. Eine alte, dreckige Pferdedecke landete über Melanie und hüllte sie in Dunkelheit.

Sie kannte den Wagen nur zu gut, es war Roberts alte Kiste. Laut, stinkend und nichts für Leute mit Bandscheibenproblemen. Sie erinnerte sich, ihn unzählige Male angebettelt zu haben, die Rostlaube endlich zu verkaufen. Er jedoch hatte sie immer gekonnt ignoriert. Aber genau diese Tatsache könnte ihr jetzt das Leben retten. Die hintere Klappe der Ladefläche schloss nicht mehr richtig…

Melanie würde einen günstigen Moment abwarten müssen. Vor ihrem inneren Auge fuhr sie die Strecke zum See ab. Sie führte durch unebenes Gelände, ein Schlagloch nach dem anderen, maximal dreißig km/h waren hier möglich. Das war ihre Chance, die einzige, die sie bekommen würde. So ganz wollten ihr ihre Gliedmaßen zwar noch nicht gehorchen, aber es würde reichen müssen. Melanie zählte die Minuten, eine wahre Zerreißprobe. Dann war es so weit, der Pick-up verlangsamte seine Geschwindigkeit und nahm dabei gefühlt jedes Schlagloch mit.

„Robert muss am Steuer sitzen, ganz klar", schoss es Melanie durch den Kopf. „Er ist mit Sicherheit der miserabelste Fahrer auf Gottes Erdboden."

Sie schob die schwere Decke beiseite und robbte sich etwas ruckelig mit dem Po voran zur hinteren Ladeklappe, winkelte die Beine an, stellte die Füße ans Metall und drückte mit all ihrer zur Verfügung stehenden Kraft dagegen. Ein Schlagloch kam ihr zu Hilfe, die Halterung löste sich mit einem Klacken und die Heckklappe fiel herunter. Stück für Stück schob Melanie sich in Richtung Freiheit. Noch ein Schlagloch und sie schlug hart auf dem holprigen Sandweg auf. Der Aufprall nahm ihr fast den Atem. Keuchend und einigermaßen schwerfällig rappelte sie sich auf. Zumindest für alle Viere reichte es.

So schnell es ihre giftgeplagten Glieder zuließen, krabbelte sie auf die Böschung am Straßenrand zu. Dort ließ sie sich einfach fallen und kugelte hinab. Zerkratzt und ein wenig außer Atem kam sie unter einem ausladenden Busch zum Liegen. In der gleichen Art, wie sie die Böschung hinuntergekommen war, überschlugen sich nun ihre Gedanken:

Hatte sie es geschafft? War sie wirklich entkommen? Was sollte sie jetzt tun?

Lust auf ein Spielchen?

Nils drehte sich auf die linke Seite und legte die Hand auf sein rechtes Ohr. Trotzdem konnte er nicht schlafen. Durch die Wand drangen wummernde Bässe in seine Wohnung. Selbst mit Ohrstöpseln hätte er keine Chance gehabt, ihnen zu entgehen. Er stöhnte, schwang die Beine aus dem Bett, zerrte ein Sweatshirt vom Schreibtischstuhl, zog es sich über den Kopf und schlurfte in Badelatschen und Unterhose über den Flur zur Nachbarwohnung.

Luka war vor ein paar Wochen erst eingezogen. Im Allgemeinen kam Nils gut mit ihm aus. Er klingelte und nahm es für ein gutes Zeichen, dass die Tür Sekunden später geöffnet wurde. „Eh, Mann Alter, was geht?", begrüßte Luka ihn.

„Hej, Luka", sagte Nils. „Du weißt ja, ich hör' auch ganz gern mal laute Musik. Und das ist sonst voll in Ordnung. Nur heute gestaltet es sich ein klein wenig schwierig. Ich wollte mich gerade aufs Ohr hauen, aber das hab ich nicht geschafft. Ich muss morgen einen echt wichtigen Vortrag halten, und ich brauche vorher unbedingt noch ein bisschen Schlaf. Könntest du bitte die Musik leiser drehen? Es ist jetzt ein Uhr nachts und die sieben Stunden bis morgen um acht Uhr, die brauche ich heute Nacht wirklich. Ein anderes Mal kannst du die Musik aufdrehen, o.k.?"

Nils war zufrieden mit sich. Er hatte seine Bitte höflich geäußert und war nach allen Regeln der Psychologie respektvoll auf Lukas Bedürfnisse eingegangen. „Das müsste eigentlich klappen", dachte er.

Luka hatte ihm aufmerksam zugehört und ihn dabei sogar angelächelt. Jetzt lachte er aus vollem Hals, dass seine braunen Locken vibrierten:

„Echt wichtiger Vortrag, hej?! Das hab ich zu Hause immer zu hören gekriegt. Was meinst Du, warum ich ausgezogen bin? Nee, lass mal, morgen ist Sonntag, da ist nix mit Arbeiten", sagte er und knallte Nils die Tür vor der Nase zu.

Damit hatte Nils nicht gerechnet. Er staunte, wunderte sich, wie Luka es fertigbrachte, ohne das geringste Zeichen von schlechtem Gewissen, über Nils' Bedürfnis nach Ruhe hinwegzugehen. Das machte ihn wütend. Er wollte Luka den Saft abdrehen, das Stromkabel rausziehen, ihm am liebsten so richtig eins aufs Maul geben, aber er war nun mal ein schmächtiger Typ und hatte gegen den kraftstrotzenden Luka, der seine Muskeln bei mittelalterlichen Schwertkämpfen stählte, nicht den Hauch einer Chance.

Was konnte er tun? Er war so wütend geworden, dass er tatsächlich eine Prügelei angefangen hätte, wenn er nur ein bisschen stärker wäre. Das konnte doch nicht wahr sein. Seit fünf Jahren machte er Fortbildungen in gewaltfreier Kommunikation und schon beim ersten kleinen Streit fing der Wolf in ihm zu toben an und all seine Friedensliebe war dahin. Wenn ihm jetzt keine Lösung einfiel, war sein ganzes Psychologiestudium samt aller Theorien über die gewaltfreie Lösung von Konflikten ad absurdum geführt, sozusagen komplett sinnlos.

In Gedanken versunken trottete er in seine Wohnung zurück. Kurze Zeit später nahm er ein Stück Papier, kritzelte die vier Wörter „Lust auf ein Spielchen?" drauf und schob es unter Lukas Tür durch.

Nils hatte gerade einmal fünf Stunden geschlafen, als der Wecker klingelte und er sich für den Kongress an der Uni fertig machen musste. Der Hörsaal war gut gefüllt. Etwa 100 Zuhörer saßen in den Reihen und vorne war ein Podium für die fünf Redner aufgebaut. Nils war erst am Nachmittag dran, aber er musste von Anfang an dabei sein und sich mit seinem Professor zusammen um die Gastredner kümmern. Je näher sein eigener Vortrag rückte, desto unruhiger wurde er. Immer wieder überprüfte er die Uhrzeit, blickte auf sein Manuskript und sah sich suchend im Hörsaal um. Es gab nichts Ungewöhnliches zu sehen, aber das verstärkte Nils' Nervosität nur.

Erst nach dem Mittagessen stellte er mit Erleichterung fest, dass die Unruhe im Publikum wuchs. Es wurde getuschelt und geraschelt. Er meinte, das Geräusch von eingehenden Nachrichten auf dem ein oder anderen Smartphone zu hören. Eine grauhaarige Frau blickte ihren Sitznachbarn streng an, eine Reihe weiter vorn drehte sich ein Herr im Jackett nach hinten und zischte einem jungen Mann etwas zu. Trotzdem wurde es nicht leiser im Raum. Als Nils zum Rednerpult trat, konnte von einem aufmerksamen Publikum nicht mehr die Rede sein. Er hatte das erste Bild seiner Präsentation auf die Leinwand projiziert und schaffte es vor lauter Nervosität nicht, frei zu sprechen. Er las die Stichpunkte einfach vor. Ein Handy klingelte mit der Melodie von „We will rock you". Nils unterbrach seinen Vortrag und sah auf. Ein junger Mann nahm das Telefonat an und brüllte in das kleine, schwarze Gerät, als stünde der Anrufer gut zwanzig Meter entfernt tatsächlich da und könnte ihn sonst nicht verstehen:

„Hej, Mann, du störst gar nicht. Das ist hier grottenlangweilig. Nee, wir mussten uns so 'ne Vorträge anhören. Worum's geht? Gewaltfreie Kommunikation. Soll ich dir's buchstabieren? Ja, ich glaub, bei 'ner ordentlichen Prügelei hätten wir alle mehr Spaß hier ..."

Der junge Mann hielt inne, denn inzwischen lauschte der ganze Hörsaal gebannt seinem Gespräch. Er blickte um sich, grinste und meinte dann:

„Na, so 'n Gespräch belauschen, ist auch nicht gerade die feine englische Art, meine Damen und Herren! Los Jungs, wir mischen den Laden hier mal ein bisschen auf!"

Damit erhob er sich und mit ihm vier weitere junge Männer. Sie polterten durch den Mittelgang hin zum Rednerpult, an dem Nils stand und ließen dabei die Muskeln auf ihren tätowierten Oberarmen spielen.

Im Hörsaal war es zuerst sehr still. Dann ertönte hier und da ein Ruf nach Ruhe. Ein Redner vom Podium stand auf und bat die jungen Männer, sich doch wieder zu setzen.

„Reg dich ab, Alter!", bekam er zur Antwort.

Nils jedoch fühlte sich ganz ruhig, wie außerhalb der Zeit.

„He, das Notebook da könnte mir gefallen!", rief einer der Störenfriede, ein blonder Hüne mit zurückgebundenen langen Haaren, Nils zu.

„Schlage vor, wir kämpfen drum. Der Gewinner kriegt das gute Stück."

Er stürzte auf Nils zu, packte ihn am Kinn, schob es hoch und verpasste ihm – ganz gelassen – einen Schlag ins Gesicht. Nils taumelte, stolperte nach hinten, bekam gerade noch das Rednerpult zu packen und konnte so seinen Sturz verhindern. Alle im Saal hielten die Luft an. Keiner wusste so recht, was zu tun war. Dann kam Leben in die

164

geschockten Kongressteilnehmer. Ein Mann um die 50 rief in den Saal:

„Hören Sie sofort damit auf!"

Die anderen im Hörsaal unterstützten ihn:

„Genau!"

„Ja, aufhören!"

„Wir holen die Polizei!"

Handys wurden gezückt und Nummern eingetippt, als der blonde Schläger sich zu Wort meldete:

„Bevor Sie nun alle die Polizei anrufen, nehme ich Vorschläge zur Deeskalation der Situation entgegen. Das ist doch schließlich Ihr Metier, oder? Und keine Sorge, ich hab' dem Kleinen hier vorne nicht wirklich ins Gesicht geschlagen. So ein schlapper Schreibtisch-Heini ist kein Gegner für mich. Sie können ruhig gucken kommen, der hat nicht mal 'nen Kratzer abgekriegt, hab' den Schlag mit meiner anderen Hand abgefangen. Aber das hat hier wohl keiner gemerkt, was?"

Nils stellte sich neben den Blonden und sagte:

„Danke Luka. Du hast wirklich sehr überzeugend gespielt, ich hatte für ein paar Sekunden doch Angst, dass du mich triffst, so nah ist deine Faust an meiner Wange vorbeigezischt. Jetzt kannst du deine Perücke jedenfalls abnehmen, ist doch viel zu warm dafür hier drinnen."

Dann wandte er sich dem Auditorium zu, das noch immer nicht recht wusste, was da vorne am Rednerpult gespielt wurde:

„Anstelle eines Vortrags möchte ich Sie alle einladen, an einem Experiment teilzunehmen. Ein Experiment mit den jungen Leuten hier als Assistenten. Die Frage, die wir wissenschaftlich zu untersuchen haben, ist dabei folgende:

Wie könnten wir vorgehen, wenn unser Kongress tatsächlich von einer Gruppe gewaltbereiter Jugendlicher gestört würde?

Wir sammeln Ihre Vorschläge und mein Nachbar Luka und seine Freunde aus der Life-Rollenspiel-Gruppe spielen die Vorschläge dann mit mir zusammen durch. Der Vorteil dabei ist, dass wir sofort sehen können, welche Strategie funktioniert. Also, sollten wir sofort die Polizei verständigen? Sollten wir die jungen Leute höflich bitten, den Raum zu verlassen?"

Nils tauschte einen Blick mit Luka und sagte dann: „Oder glauben Sie, ich sollte mich auf einen Boxkampf mit Luka einlassen, weil die Jungs hier einfach nur Lust auf ein Spielchen haben?"

Carpe Diem

Er wusste es, gleich nachdem ihn sein Wecker unsanft aus dem Schlaf gerissen hatte. Es war wieder so weit.
Er kannte dieses Gefühl, das sich langsam in ihm ausbreitete. Unaufhaltsam wachsend, fordernd, unerbittlich. Und wie immer würde er diesem Gefühl nachgeben. Noch nie hatte er versucht, daran etwas zu ändern, denn es gehörte zu ihm, zu seinem verkorksten Leben.
Es war für ihn wie Zähneputzen, obwohl er Zähneputzen hasste, besonders dann, wenn es Zahnpasta mit Pfefferminzgeschmack war. Er reagierte allergisch auf alles, was dieses Zeug beinhaltete. Seine Augen röteten sich, schwollen zu, er bekam kaum noch Luft. Und der Schaum, der daraus wurde, dieser Schaum, wie er sich langsam in seiner Mundhöhle ausbreitete. Ein widerliches Gefühl. Sein verschlafener Blick fiel durch die halbblinden Fensterscheiben in seiner Dachkammer. Vergeblich versuchte die Morgensonne, sich einen Weg hindurch zu bahnen.
Schon so oft hatte er überlegt, etwas gegen den desolaten Zustand seiner vier Wände zu tun, vielleicht in seiner Lieblingsfarbe. Rot. Den Gedanken daran hatte er aber sogleich wieder verworfen. Für wen sollte er sich abmühen?
Sein Kopf fiel zurück in die Kissen und er in tiefen Schlaf. Er hatte noch viel Zeit.

Der Wecker klingelte, und sie sprang beschwingt aus den Federn. Heute würde ein absolut fantastischer Tag werden. Absolut! Ihr ganz persönliches Highlight! Sie hatte ihn sich wirklich verdient, diesen freien Tag, und sie würde ihn auf jeden Fall auskosten. Ihr Job in der Anwaltskanzlei ihres Vaters war anstrengend genug und überaus nervenaufreibend. Sie würde das zwar nie zugeben, aber es herrschte dort ein enormer Druck, und beinahe täglich lieferte sie sich einen unerbittlichen Konkurrenzkampf mit ihren beiden Schwestern. Grauenhaft. Jede von ihnen buhlte um Daddys Gunst. Aber was soll`s.

Heute jedenfalls würde sie das alles abstreifen wie eine alte Haut, einfach mal das Leben genießen und woooohlfühlen… Carpe Diem oder wie sagt man noch?

Herzhaft biss sie in ihr Marmeladenbrot, auf das ihr Toaster ein kleines Herz eingebrannt hatte. Sie liebte diesen kleinen Toaster, er war ein Geschenk ihrer Mutter. Sie war die letzte von drei Töchtern, die das Elternhaus verlassen hatte, um endlich ein eigenes Leben zu führen. Zumindest, was das Wohnen anbelangte, hatte sie das schon geschafft.

Genüsslich schlürfte sie ihren Milchkaffee. Mmmmmh, lecker.

Heute hatte sie sehr viel Zeit.

Von irgendwoher ertönte die Sirene einer Ambulanz, laut und schrill. Riss ihn erneut aus dem Schlaf. Sein Mund fühlte sich trocken an und sein Hals wie ein Reibeisen. Vielleicht war es doch etwas viel gewesen gestern Nacht. Zuviel von dem Zauberzeug, das sich Whiskey nannte. Leider Gottes hielt dessen Zauber nicht lange an und was danach kam, naja. Noch schlaftrunken suchte sein Blick die Leuchtziffern seines Weckers. Verdammt, schon so spät. Der Nachmittag war weit vorangeschritten. Er hatte doch länger geschlafen als geplant. Er würde sich etwas beeilen müssen. Kurze Dusche, Outfit zurechtlegen und los. Er hatte schließlich ein Date. Ein ganz besonderes noch dazu:

Heute würde er SIE treffen, seine Auserwählte. Seine Mundwinkel verzogen sich zu einem Grinsen. Showtime!!!

168

Es wurde ein traumhaft sonniger Tag und es tat ihr gut, so gelöst und entspannt da hineinzufallen. Ein ausgiebiges Frühstück, eine warme Dusche und dann nochmal Katerkuscheln. Ein perfekter Start in ihren freien Tag. Als Erstes stand die langersehnte Shoppingtour auf dem Plan, sündhaft teuer und unverschämt verschwenderisch. Langsam und genüsslich schlenderte sie durch die Gassen der Altstadt. Ihre Ausbeute konnte sich durchaus sehen lassen. Ein neues Abendkleid in einem atemberaubenden Rot. Knielang und sehr figurbetont. Dazu passende Highheels mit Pfennigabsatz und einige nette, kleine Accessoires. Sie würde hinreißend darin aussehen heute Abend auf der wohl angesagtesten Party des Jahres. Die Ladenglocken läuteten schrill, als sie den kleinen Friseursalon betrat, die letzte Station, oder besser gesagt, das i –Tüpfelchen, auf ihrer ganz persönlichen Wellnesstour. Sie war sich absolut sicher. Heute würde sie IHN treffen, den Mann ihrer Träume. Ihren Märchenprinzen und er würde die Hände nicht von ihr lassen können.

Es dämmerte bereits, als er die Ausläufer der Stadt erreichte. Es war Freitagabend und in den schmalen Gassen pulsierte das Leben. Der Tag wich der Nacht, und die Geschöpfe der Dunkelheit kamen aus ihren Verstecken. Genau wie ER.
Er liebte die Nacht mit ihrem Duft, ihrem Klang, ihrer Magie. Es war seine Welt. Die Dunkelheit seine Verbündete, nur mit ihr fühlte er sich frei.
Dafür hasste er den Tag. Zu hell, zu hektisch, zu wenig das, was er verkörperte.

Er hielt inne, atmete tief ein und wandte sich ab vom Lärm der Straßen. Sie waren zu belebt. Unpassend für das, was für ihn heute auf dem Plan stand.

Am Firmament stand ein einsamer Sichelmond, der sich in den glänzenden Wassern des East Rivers spiegelte. Sein Weg führte ihn in Richtung Park. Dabei hielt er sich bewusst abseits des Weges, immer darauf bedacht, von niemandem gesehen zu werden.

Die Haustür fiel mit einem leisen Klacken hinter ihr ins Schloss. Sie grinste breit und machte sich voller Vorfreude auf den Weg. Partytime!

Ihr gefiel das Klackern ihrer neuen Schuhe auf dem dunklen Asphalt. Sie hatte das teure Parfum aufgetragen, das ihr Vater ihr letztes Jahr zu Weihnachten geschenkt hatte. Sie liebte diesen Duft von frischer Minze.

Ihre kleine, filigran bestickte Handtasche baumelte lässig über ihrer Schulter. Gedankenverloren blickte sie über den East River, ein einsamer Sichelmond spiegelte sich auf dessen Oberfläche. Ihr Weg führte sie eine kleine Allee entlang Richtung Park. Eine leichte Brise fuhr durch das Blätterdach über ihr und verursachte ein leises Rascheln. Es war schon recht schummrig, und ihre Schritte verursachten ein knirschendes Geräusch auf dem Sandweg. Jetzt verfluchte sie die Wahl ihrer Schuhe, absolut untauglich im Gelände.

Ganz so wohl war ihr ja nicht, hier alleine durch den Park zu geistern. Aber sie wollte unbedingt zu dieser Party, und die war nun mal am anderen Ende der Stadt. Der kürzeste Weg führte eben genau durch diesen Park. Sie beschleunigte ihre Schritte.

Er verharrte in der Dunkelheit. Lauernd wie ein Raubtier. Er war gut darin zu warten. Jahrelange Erfahrung machte ihn zum Meister.
Seine Gedanken gingen auf die Reise…wie oft hatte er so etwas schon gemacht? Er wusste es nicht mehr, aber das war auch nicht so wichtig. Wichtig war nur, dass dieses Gefühl, dieses brennende Verlangen in ihm verschwand. Es tat weh, und er wollte, dass es aufhörte. Da war etwas in ihm, das er nicht kontrollieren konnte. Er beherbergte ein Monster, dessen Hunger er stillen musste. Ob er wollte oder nicht, er hatte keine andere Wahl.
Und nur er wusste wie, aber er wusste auch, dass er irgendwann den Preis dafür bezahlen musste. Aber nicht heute und nicht hier, er würde sich nicht erwischen lassen.

Etwas hatte sich verändert, das spürte sie auf unheimliche Weise. Sie war nicht mehr allein. Ängstlich presste sie ihre Tasche an sich. Die nächste Laterne befand sich gut fünfzig Meter weit entfernt, und der fahle Schein des Mondes spendete kaum Licht. Hinter ihr raschelte es im Gebüsch. Sie kam nicht mehr dazu, sich umzudrehen. Dumpf prallte etwas gegen ihren Rücken, und zwei starke Hände legten sich um ihren Hals. Der stahlharte Griff ihres Angreifers hielt sie gefangen. Panik ergriff sie.

Adrenalin schoss durch seine Adern, er war wie im Rausch und je heftiger die Gegenwehr seines Opfers, desto fester drückten seine Hände zu. Das Monster in ihm verlangte nach Vollendung.

Sie wehrte sich nach Leibeskräften, aber es half nichts. Der Griff um ihren Hals lockerte sich kein bisschen. Im Gegenteil- ihr Peiniger schien den Druck nur noch zu verstärken. Sie rang verzweifelt nach Luft, doch da war nichts. Ihr Herz schlug hart gegen die Brust. Das Blut rauschte in ihren Ohren. Ihre Sinne begannen zu schwinden.

Der Duft ihres Parfums stieg ihm plötzlich in die Nase – Pfefferminze!
Augenblicklich setzte die Wirkung ein. Seine Augen brannten wie Feuer und nun rang auch er nach Luft. Ein heftiger Hustenreiz überkam ihn und er musste seinen Griff lockern. Er stolperte und fiel unsanft zu Boden. Mit tränenverschleiertem Blick versuchte er, seine Umgebung wahrzunehmen.

Sie erkannte ihre Chance, vielleicht die einzige, die sich ihr bieten würde. Sie ließ sich nach vorne fallen. Keuchend und nach Atem ringend, fiel sie auf die Knie. Die feuchte, kühle Nachtluft schien ihre Lungen zu sprengen. Luft! Süße Luft. Endlich.

Sie wusste, lange konnte sie nicht ausruhen. Sie musste handeln. Schwerfällig rappelte sie sich auf, strauchelte, schaffte es erneut auf die Beine zu kommen. Und dann rannte sie, rannte um ihr Leben. Kein Blick zurück.

Zeiträume

Es war dunkel und stickig. Die schweren, nachtblauen Vorhänge an der großen Fensterfront zur Terrasse waren zugezogen, seit Wochen schon, vielleicht schon sehr viel länger. Das goldene Pendel der Standuhr in der Ecke des Zimmers hatte aufgehört, im Einklang mit den verstreichenden Sekunden hin- und herzuschwingen. Die Zeit stand still, jedenfalls in diesem Raum, in dem ich mich befand.

Meine Herrschaften waren nicht mehr da. Auch das Zimmermädchen kam nicht mehr, um die Standuhr aufzuziehen und die kostbaren Möbelstücke der guten Stube liebevoll mit ihrem Staubwedel aus Straußenfedern abzustauben. Das Haus, in dem es für mich nur dieses eine Zimmer gab, aus dem ich mich nicht fortbewegen konnte, war menschenleer. Von einem Tag auf den anderen waren sie verschwunden und hatten alles zurückgelassen.

Was war geschehen in jener Nacht, als helle Autoscheinwerfer über die dunklen Vorhänge huschten, schwere Stiefel über den Kiesweg knirschten, fremde Fäuste gegen die Eingangstür hämmerten, ungeduldig Einlass verlangten? Harsche, unfreundliche Worte, aufgeregte Stimmen, Kinderweinen drangen zu mir herüber. Holzdielen knarrten unter eilig umherlaufenden Füßen. Das Pendel der Standuhr bewegte die Zeiger auf die volle Stunde zu. Zwei tiefe Gongschläge durchdrangen den Raum, eine Tür fiel ins Schloss, wieder das Knirschen auf dem Kiesweg, Autotüren klappten, Scheinwerfer huschten über den Vorhang und dann gab es nur noch das gleichmäßige Ticken der Uhr in dieser unheilvollen Stille. Aber auch das versiegte, als die Gewichte den Boden des Uhrenkastens erreichten.

Wehmütig dachte ich an all die schönen Sonntage, wenn morgens die Vorhänge aufgezogen und die weißen Flügeltüren zur Terrasse weit geöffnet wurden. Frische Luft erfüllte den Raum. Das Sonnenlicht, das mein dunkelviolettes Cordsamt aufleuchten ließ! Geschäftiges Treiben umgab mich. Stolz stand ich in der guten Stube, in der sich die Familie im feinen Sonntagsstaat zum Essen versammelte. Am Nachmittag, wenn sich die Herrschaften mit ihrem kleinen Sohn auf meinen weichen Polstern niederließen, duftete es nach warmen Blechkuchen und frisch gebrühtem Kaffee.

Ich hörte Geschichten aus bunten Bilderbüchern und aus dem Leben, das sich außerhalb der Sonntagsstube abspielte und bisweilen für laute, hitzige Diskussionen sorgte, dann wieder für ruhige, bedachte Worte, für unbeschwertes Lachen und das manchmal auch zu Tränen rührte. An einigen Sonntagen saßen sie aber auch nur stumm beieinander – immer öfter sogar – tief versunken in eigene Gedanken, Worte formulierend, die nie ausgesprochen wurden.

Am liebsten jedoch mochte ich den Herbst, wenn die Hausherrin kam und mitten in der Woche die Vorhänge aufzog, die Flügeltüren zur Terrasse öffnete, hinaus in den Garten ging und sich in stundenlanges Laubharken vertiefte. Ihre gleichmäßigen, tiefen Atemzüge bildeten weiße Wölkchen in der kühlen Herbstluft. Nur manchmal hielt sie inne und schaute auf, wenn die Wildgänse in großen, geordneten Formationen über den Himmel gen Süden zogen. Sie sah ihnen lange nach und strich sich dabei jedes Mal ihre dunklen Haarsträhnen aus dem Gesicht. Es sah fast aus wie ein verstohlenes Winken. Aber vielleicht bildete ich mir das auch nur ein.

Noch in der Dämmerung konnte ich das metallene, kratzende Geräusch ihrer breiten Harke hören, während von draußen der urvertraute Geruch von frischer Erde und feuchtem Laub zu mir herüberströmte.

Wenn der Winter kam und eisige Stürme über das Land fegten, wurde der Ofen eingeheizt. Wohlige Wärme durchdrang den Raum. Hier und da vernahm man ein leises Knacken, wenn sich das Holz der wunderschönen Möbel in der Wärme dehnte.

In meiner guten Stube gab es Rituale, die sich nie änderten. Ich hatte einen festen Platz ebenso wie die Standuhr in der Ecke, die wuchtige Anrichte, der große Mahagoni-Esstisch und die mit Leder bezogenen sechs Stühle um den Esstisch herum, der Beistelltisch neben mir, auf dem immer ein schneeweißes, filigranes Spitzendeckchen lag.

Lange verharrte ich in der dunklen, eisigen Stille und nichts geschah, jedenfalls nicht in diesem Zimmer. Doch draußen ging etwas vor sich, was ich nicht einzuordnen vermochte. Aus der Ferne vernahm ich dumpfes Grollen und gewaltige Donnerschläge, als würden schwere Unwetter heraufziehen. Die dicken Mauern des Hauses erzitterten. Das Donnern hörte lange nicht auf, kam näher, entfernte sich wieder. Schnelle Flugzeuge jagten im Tiefflug über das Land. Unbeweglich und vor Kälte erstarrt standen ich und all die anderen Möbelstücke an dem Platz, an welchen wir einst gestellt worden waren. Eine dicke Staubschicht breitete sich über uns aus, während in der Welt außerhalb unseres

Raumes alles aus den Fugen geraten war. Aber warum, wussten wir nicht, bis zu jenem Tag, als erneut Schuhe auf dem Kiesweg knirschten.

Die Eingangstür, die lange niemand mehr geöffnet hatte, quietschte. Schritte schlichen vorsichtig über den Flur. Dielen knarrten leise.
Dann öffnete sich die Tür zur guten Stube und eine Frau betrat den Raum. Sie sah ganz anders aus als meine Hausherrin. Ein von Hunger und Kälte ausgezehrter Körper, der in einem grauen, zerlumpten Wintermantel steckte, darunter lugten dicke Wollstrümpfe hervor. Füße in ausgetretenen, kaputten Schuhen. Sie mussten weit gelaufen sein.
An den Rock ihres Wintermantels klammerten sich zwei winzige Hände. Sie gehörten einem kleinen Mädchen, eingehüllt in mehrere Schichten schmutziger Kleidung, einen dicken Schal um Hals und Mund gewickelt, so dass ich nur ihre großen, dunklen Augen sehen konnte. Hungrige angsterfüllte Augen. Sie mussten viel gesehen haben.
Reglos standen sie eine Weile da. Ihre Augen wanderten durch das Zimmer, als würden sie etwas suchen, das sie nicht finden wollten. Doch dann ging die Frau durch den Raum und tat das, worauf ich so lange gewartet hatte.
Sie schob die schweren, nachtblauen Vorhänge beiseite!
Licht durchflutete den Raum. Die Frau blieb am Fenster stehen und schaute in den Garten. Eine dicke Laubschicht hatte sich über den Rasen ausgebreitet. Kahle Bäume ragten in den blassen Morgenhimmel. Es war Herbst. Ihr Atem bildete einen zarten Nebel in der eiskalten Stube.
„Schau nur, Mamuschka, das schöne Sofa."

176

Das Kind kam auf mich zu. Ein kleiner, viel zu dünner Kinderkörper kletterte an mir hoch und schmiegte sich an mich. Meine Sprungfedern gaben nach. Ich machte mich ganz weich und nahm den kleinen Körper auf in meine verstaubten Polster.

Der Blick der Frau, die immer noch am Fenster stand, fiel auf den gusseisernen Ofen.

„Hier könnten wir für eine Weile bleiben", flüsterte sie und über ihr mageres, eingefallenes Gesicht huschte ein Lächeln.

Sie blieben nicht lange allein. Es kamen mehr Menschen, ebenso erschöpft und ausgezehrt, suchten Unterschlupf, eine Bleibe, wenn auch nur für kurze Zeit. Die gute Stube hörte auf zu existieren, war nun Lebensraum für ein paar Menschen - Überlebensraum.

Meine Polster bekamen Flecken. Meine Sprungfedern bogen sich unter der Last derer, die sich ausruhten auf mir, ihren gebeugten Rücken an meine hohe Rückwand lehnten. Was sie bei mir abluden, wog schwer. Ich wurde durchgesessen. Wenn sie miteinander sprachen, sich gegenseitig ihre Geschichten erzählten, hörte ich gut zu. Ich erfuhr, was es mit dem dumpfen Grollen und den Donnerschlägen auf sich hatte, vor denen die Menschen zu flüchten versuchten. Sie suchten Schutz vor den Tiefliegern, die Bomben abwarfen und ganze Städte und Dörfer in Schutt und Asche legten. Sie sprachen vom Krieg.

Die Menschen verschwanden wieder. Das Haus blieb für lange Zeit allein. Putz bröckelte von den Mauern, Regen fand seinen Weg durch zerbrochene Dachziegel. Die nachtblauen Vorhänge hatten sie sorgsam wieder zugezogen, als sie das Haus verließen. Sie öffneten sich lange Zeit nicht mehr.

Hinter dem Vorhang verstrichen die Jahreszeiten. Frühling, Sommer, Herbst, Winter und wieder begann alles von Neuem, viele Male lang.

Ich hatte die Hoffnung schon aufgegeben. Doch irgendwann kamen neue Menschen.

Sie sahen wieder anders aus. Ihre Füße steckten in blank geputzten, schwarzen Lederschuhen. Es waren drei Männer, die mit einem großen Lastwagen vorgefahren waren. Sie durchstöberten das Haus, öffneten Schränke, durchwühlten alles, was sich darin befand.

Staub wirbelte auf.

Einer der Männer, er schien der Chef der kleinen Truppe zu sein, besah sich alles ganz genau, jeden Schrank, jeden Stuhl, jeden Tisch, auch mich. Ich gefiel ihm ganz besonders.

Sie trugen mich zur Tür hinaus und luden mich in das große Auto. Danach folgten die Standuhr, der Tisch und allerhand andere Dinge, die sie für brauchbar befanden.

Dann fuhren sie mit mir in eine große Stadt und ich landete wieder in einem dunklen Raum. Einem Abstellraum.

Erneut verging viel Zeit, bis sie mich endlich herausholten und mich vor ein großes Fenster stellten. Sie klebten mir ein Preisschild auf die Rückenlehne. Ich befand mich in einem Trödelladen mitten in der Stadt.

Durch das große Fenster konnte ich die belebte Straße beobachten. Endlich durfte ich wieder nach draußen schauen. Das war immerhin schon etwas. Aber wohl fühlte ich mich nicht. Menschen eilten vorbei: Manche blieben stehen, schauten mich an, kamen in den Laden, saßen Probe auf meinen Polstern, befühlten und betasteten mich, aber niemand war dabei, der mich mitnehmen wollte.

178

Wer wollte mich altes Möbelstück auch noch haben?
Staubig, fleckig, durchgesessen!
Der Besitzer des Trödelladens schien ebenso unglücklich zu
sein wie ich. Die Geschäfte liefen schlecht. Oft hockte er nach
Ladenschluss im Hinterzimmer des Ladens bis spät in die
Nacht und betrank sich. Seine jämmerlichen Selbst-
gespräche, die mit jeder Bierflasche immer lauter wurden,
machten mir Angst.
Die Welt – so hörte ich - hatte sich gewandelt und mit ihr die
Dinge, die Menschen sich in ihre Stuben stellten. Neue
Möbel wurden gebaut, leicht und hell, schnell austauschbar.
Riesige Möbelhäuser schossen wie Pilze aus dem Boden und
produzierten Massenware. Den Menschen ging es gut.
Berauscht vom großen Aufschwung konsumierten sie immer
mehr und immer schneller. Die Möbel der „guten Stube",
aus der ich kam, waren nicht mehr gefragt. Ich war drauf
und dran, ein Ladenhüter zu werden.
Doch eines Tages, an einem kühlen Herbsttag, schlenderte
ein junges Pärchen über die Straße und hielt vor dem großen
Schaufenster des Trödelladens inne. Hand in Hand standen
sie da und schauten mich lange an. Dann unterhielten sie
sich angeregt, wohl über mich. Ihr Atem bildete weiße
Wölkchen in der kalten Novemberluft. Es dauerte eine
Weile, bis sie zögernd den Laden betraten. Die junge Frau
kam auf mich zu. Ihre großen, dunklen Augen leuchteten.
Ganz sanft strich sie mit ihrer Hand über mein verblichenes,
violettes Cordsamt.
„Was für ein wunderschönes Sofa!", flüsterte sie.
Hoffnung keimte in mir auf.
Ich sehnte mich so sehr nach einer neuen, gemütlichen
Stube, einem Zuhause mit Menschen darin, denen es gut

ging und die sich gerne auf mir niederließen. Ich sehnte mich nach neuen Geschichten und dem Duft von frisch gebackenen Blechkuchen, nach der Wärme eines Ofens und einem großen Fenster, durch das ich in den Garten schauen konnte, dem Geruch von Erde und feuchtem Laub. Ich sehnte mich nach einem Zuhause, in dem es keine dunklen Vorhänge geben würde. Einem Zuhause, an dem es nur Sonntage gab.

Die Frau setzte sich vorsichtig auf meine verstaubten Polster. Meine Sprungfedern gaben nach und ich machte mich ganz weich.

Sie teilte meine Sehnsucht, das spürte ich.

180

Der Sündenfall einmal anders

Der Weg führte Eva geradewegs in Richtung Haus. Sie konnte es bereits sehen, es lag gemütlich zwischen einigen Schatten spendenden Bäumen. Weit war es nicht mehr. Dennoch verlor sie sich, wie so oft, in die Betrachtung der sie umgebenden Landschaft. Sie ließ ihren Blick durch die Gartenanlage schweifen. Die Natur hatte sich hier wirklich Mühe gegeben. Die buntesten Farbtupfer legten sich malerisch über die Wiesen. Es sah aus wie ein Meer aus Farben, wenn der Wind leise darüber hinwegfuhr und Bewegung in die Blüten kam. Ein betörender Duft entstieg diesem und machte Eva schwindeln. Oh ja, sie liebte das sehr. In der Ferne reihten sich Büsche und Bäume wie Perlen auf einer Schnur aneinander. Die Luft war warm und erfüllt vom Gesumm der Bienen und Insekten, die ihr stetes Tagwerk verrichteten. Die Sonne stand schon hoch am Himmel und nur ein paar seichte Schleierwolken kreuzten ab und an ihre Bahn.

Eva genoss es, hier zu sein, mit jeder Faser ihres Körpers. Sie wusste, was sie daran hatte. Es war zwar nicht genauso wie an dem Ort, von dem sie gekommen waren, kam dem aber doch recht nahe. Eva durfte sich nicht beschweren. Nach der Sache von damals war es klüger, den Ball flach zu halten. Sie alle hatten sich ja vor Urzeiten wieder vertragen, aber man konnte nie sicher sein, ob das auch so bleiben würde.

Eva freute sich sehr auf den Nachmittag mit ihm. Adam hatte sie zum Kaffee eingeladen. Hoffentlich war auf der Veranda gedeckt, von dort hatte man einen wunderbaren Blick auf den Garten. Ein tiefer Seufzer - und unmerklich beschleunigte sie ihren Schritt. Sie wollte ihn nicht warten lassen.

Eva sah ihn schon von Weitem. Er stand wartend vor dem Haus. Freudig winkte sie ihm zu, er winkte zurück. Adam sah wirklich gut aus in seinen abgewetzten Jeans, dem weißen Shirt und mit dem dunklen Haarschopf, auf dem nie irgendeine Ordnung zu herrschen schien. Er sah sie aus mitternachtsblauen Augen an und sie liebte ihn wie am ersten Tag.

Adam beugte sich zu ihr hinunter, er war wirklich groß und küsste sie zur Begrüßung zärtlich auf den Mund.

„Endlich, " sagte er, „schön, dass du da bist."

Eva schenkte ihm ihr bezauberndstes Lächeln. Er strich ihr eine ihrer braunen Locken aus der Stirn, legte ihr den Arm um die Schulter und geleitete sie zur Tür.

„Gentleman vom Scheitel bis zur Sohle", seufzte sie leise.

Nun gut, er hatte nicht wie erhofft auf der Veranda gedeckt, dafür aber im Wintergarten. „Das ist auch o.k.", dachte sie. Die großen Glasflügeltüren standen weit offen und ließen laue Sommerluft herein. Die Sonnenstrahlen spielten mit den Grüntönen der Pflanzen, die es hier drinnen zuhauf gab. Darin waren sie sich gleich. Adam liebte Pflanzen ebenso sehr.

Von irgendwo aus diesem Dschungel drang das leise Plätschern eines künstlichen Wasserfalls an ihre Ohren. Eva beobachtete fasziniert den Flug eines blauschillernden Schmetterlings, wie er von Blüte zu Blüte tanzte, kurz verweilte, um süßen Nektar zu trinken, dann eilends weiterzog in der Hoffnung, die nächste Blüte würde noch süßer schmecken. Die Luft war erfüllt vom bunten Gezwitscher der Vögel.

In der Mitte des Wintergartens stand ein runder Tisch, fein gedeckt mit edlem Kaffeegeschirr, einem Blumengebinde und…

„Das schlägt doch dem Fass den Boden aus", schoss es Eva durch den Kopf und Zornesröte stieg in ihr auf. Wie konnte er es wagen! Er wusste doch genau, wie empfindlich sie auf so etwas reagierte. Da stand doch tatsächlich in seiner schönsten Pracht, frisch, saftig und lecker duftend, ein Apfelkuchen.

Das schöne Drumherum nützte jedoch nichts, sie war himmelstinksturzwütend. Zwischen zusammengepressten Lippen stieß sie hervor: „Und was in drei Teufelsnamen ist das da?" Sie wies mit dem Finger auf das Corpus Delicti in Form eines Apfelkuchens. Adams verwirrter Gesichtsausdruck brachte sie nur noch mehr in Rage.

„Was soll das schon sein?" Hilflos ruderte er mit den Armen. „Das ist ein einfacher Apfelkuchen nach einem alten Rezept meines Vaters. Was denkst du, was das ist?"

Evas grasgrüne Augen sprühten Funken.

„Was um Himmels willen meinst du?", rief er verständnislos. „Was ist hier gerade passiert?"

Sie hatte Mühe, sich zu beherrschen, und fauchte: „Tu doch nicht so unschuldig. Das weißt du ganz genau."

Herausfordernd blickte sie ihn an und wartete auf eine Reaktion seinerseits. Ihre Finger trommelten energisch auf der Tischplatte.

Da fiel es ihm wie Schuppen von den Augen. Sein Unterkiefer klappte nach unten.

„Na endlich", dachte Eva, „hat ja gedauert, aber nun hat er`s kapiert."

„Das kann doch nicht dein Ernst sein. Das glaub ich jetzt

aber nicht! Du holst wirklich allen Ernstes die alten Kamellen wieder hervor?" Er schüttelte den Kopf. „Das ist doch schon gar nicht mehr wahr, so lange ist das schon her."

„Und was wolltest du dann damit bezwecken?" Sie wies mit dem Kopf in Richtung Kuchen. Warum dieser Wink mit dem Zaunpfahl? Du kannst es einfach nicht lassen, oder?" Ihre Stimme klang vorwurfsvoll.

„Echt jetzt? Das denkst du?"

In diesem Moment klopfte es, und sie wurden unterbrochen. Adam schenkte ihr einen traurigen Blick und wandte sich ab, um die Tür zu öffnen.

„Noch `ne Überraschung", grübelte Eva hinter krauser Stirn. Wen hatte er denn noch eingeladen? Das passte ihr jetzt mal so gar nicht, sie war furchtbar aufgewühlt. Die ganze Sache war ziemlich unangenehm aus dem Ruder gelaufen. Der schöne Nachmittag schmolz gerade vor ihren Augen wie Schnee in der Sonne. So ein Mist aber auch, Adam hatte mit der Sache bei ihr einen wunden Punkt getroffen. Eigentlich war sie überzeugt gewesen, das alles längst verarbeitet zu haben. Eben gerade wurde sie eines Besseren belehrt. Ihr tat die ganze Sache auch schon wieder leid. Woher zum Kuckuck hatte sie bloß dieses Temperament? Mal wieder war sie eindeutig nicht Herrin über ihre Gefühle.

Stimmen drangen an ihr Ohr. Adams war ihr so vertraut wie ihre eigene, aber auch die andere kam ihr seltsam bekannt vor. Sie war warm, weich und hatte einen tiefen Klang. Evas Gedankengang wurde jäh unterbrochen, als Adam den Raum betrat dicht gefolgt von …

„Oh, mein Gott!", entfuhr es Eva.

„Hallo Eva," erwiderte Gott. „Schön, dass du mich erkannt hast. Ist ja schon `ne Weile her, dass wir uns gesehen haben. Gut siehst du aus."

Er kam auf sie zu, schlang die Arme um sie und drückte sie ungestüm.

Ja, es war wirklich schon lange her, dass sie sich gesehen hatten. „Und Gott kann so alt werden, wie er will", dachte sie bei sich, „im Herzen wird er immer jung bleiben."

Es fühlte sich wirklich gut an ihn wiederzusehen. Nachdem sie sich herzlich begrüßt hatten, nahmen alle an der kleinen Kaffeetafel Platz. Adam schenkte jedem von der schwarzen, dampfenden Flüssigkeit ein. Er lenkte das Gespräch geschickt auf die wunderschöne Gartenanlage. Dies und das eben, dabei vermied er jeglichen Augenkontakt mit Eva.

„Na toll", dachte sie, „tun wir so, als wäre alles in Ordnung, nix passiert, alles easy."

Trotzig pustete sie eine Locke aus ihrem Gesicht und machte einen Schmollmund. Gerade bot Adam Gott ein Stück von seinem selbstgebackenen Apfelkuchen an.

„Danke, Adam, das ist wirklich nett von dir." Er lächelte ihn wohlwollend an, wie es eben so seine Art war. „Aber hab ich dir nie erzählt, dass ich fruktoseintolerant bin? Ich vertrage leider keinen Fruchtzucker. Ich bin sicher, er schmeckt sehr gut, aber ich halte mich lieber an Kaffee." Er blickte zu Eva. „Vielleicht möchte Eva ja ein Stück davon."

Eva hatte alle Mühe, ihrer aufkommenden Schnappatmung Herr zu werden. Das konnte sie jetzt so gar nicht glauben. Das setzte dem Ganzen doch die Krone auf, musste Gott auch noch in die Kerbe schlagen? Verflucht nochmal, was war das hier für ein Albtraum?

Gott blickte sie aus gütigen Augen an. Verdammt konnte er etwa ihre Gedanken lesen? Sie geriet jetzt doch leicht in Panik.

„Reiß dich zusammen Eva!" schalt sie sich selbst. „Du bist schließlich erwachsen und stehst über der Sache, klar?! Schneewittchen ist damals fast an so `ner Apfelgeschichte gestorben, und wir mussten nur umziehen, also alles halb so wild."

Trotzdem gelang es ihr nicht, sich in irgendeiner Weise an dem Gespräch, das gerade im Gang war, zu beteiligen. Ihre Gedanken drehten sich im Kreis.

Irgendwann hörte sie Gott sagen: „ So, ihr Lieben, ich muss dann mal wieder, hab noch `ne Menge zu erledigen. Danke für die Einladung, es war wirklich schön bei euch."

Adam machte Anstalten aufzustehen.

Gott winkte ab: „Mach dir keine Umstände, mein Sohn, ich finde allein hinaus."

„Ach und Eva", sagte Gott etwas leiser und blickte ihr direkt in die Seele, „ich habe mich sehr gefreut, dich wieder-zusehen." Etwas leiser fügte er hinzu: „Ich bin sicher, ihr werdet euren kleinen Zwist schnell beiseitelegen, der ist es nicht wert, sich lange darüber zu ärgern und böses Blut zu vergießen. Denk daran, ich liebe euch beide genauso, wie ihr seid. Mit allen Facetten eures Seins."

Er küsste sie zum Abschied auf die Stirn und Eva spürte die Wärme seiner Liebe zu allem, ohne Wenn und Aber.

Nachdem Gott die Tür hinter sich geschlossen hatte, herrschte lange ein betretenes Schweigen zwischen den beiden. Adam brach es als Erster.

„Es tut mir leid, Eva", nuschelte er in seinen Dreitagebart. Ehrlich, ich habe gedacht, dass diese alte Geschichte schon

186

längst ad acta gelegt wäre. Glaub mir, ich habe dir noch nie, niemals die Schuld an dieser unleidlichen Apfelsache gegeben." Er seufzte schwer: „Und das ich manchmal ein echt grober Klotz bin, das müsstest du doch wissen, oder?" Er sah sie mit seinem „Ich weiß, dass ich schon oft Mist gebaut habe, aber du kannst mir doch nicht lange böse sein Blick" an und hoffte, es würde auch dieses Mal funktionieren.

Eva biss sich auf die Lippen, doch sie konnte manchmal richtig stur sein. So auch jetzt, deshalb bohrte sie nochmal nach: „Aber warum sollte Gott von unserem Streit nichts wissen, Adam? Warum hast du alles totgeschwiegen? Er hatte doch mindestens genauso viel Anteil daran wie wir."

Adam schwieg eine Weile, als müsse er überlegen, dann sagte er:

„Weißt du, ich wollte ihn da nicht mit reinziehen. Er macht sich schon genug Vorwürfe wegen der Sache von damals. Und dann noch das mit seiner Fruktoseintoleranz."

„Wusstest du nichts davon?", wollte Eva wissen.

„Nein", antwortete Adam, „aber jetzt weiß ich auch, warum er so ein schlechtes Gewissen hat."

„Die verflixte Apfelgeschichte, ja schon klar", stellte Eva fest.

„Genau. Er hatte damals alle Apfelbäume so akribisch aus dem Paradies verbannt, um uns zu beschützen, nur diesen einen hatte er vergessen und da wir seine Abkömmlinge sind, wäre es nur allzu logisch, wenn wir diese Intoleranz geerbt hätten. Na, wie auch immer, so kam diese ganze Geschichte dann ja auch ins Rollen." Adam zog eine Braue hoch: „Ganz anders als gedacht allerdings!"

„Auf einmal erschien alles in einem komplett anderen Licht", dachte Eva. „Da war niemand mehr, der ihr die

Schuld an dem ganzen Geschehen gab. Sie spürte, wie jeglicher Groll wich und Platz machte für ein wohlig warmes Gefühl von, ja von was? Verzeihen, Vertrauen, ihrer tiefen Liebe zu Adam?"

Sie sprang auf, warf sich in seine Arme und sie versanken in einem endlosen Kuss.

Und wenn sie nicht gestorben sind, dann backen sie noch heute gemeinsam Apfelkuchen- aller Intoleranz zum Trotz.

LEBENSFÄDEN

Jede Menge Fäden haben wir zu Netzen verwoben. Ganz unterschiedliche Geschichten sind daraus entstanden an ganz unterschiedlichen Orten. Eines haben sie jedoch alle gemein: Jede Geschichte beginnt mit dem ersten (Gedanken-) Faden...

...und wie unsere Geschichten an immer neuen Orten entstehen, so hat sich auch die kleine Spinne, die neulich über mein leeres Blatt gekrochen war, ein neues Plätzchen gesucht. Draußen im Freien. Ab und an schaue ich von meinem Text auf und beobachte fasziniert, wie sie zwischen Heckenrosensträuchern eifrig ihr Radnetz baut, während ich an meinem Gartentisch sitze und Seite um Seite fülle, damit aus dem einen Faden am Ende ein schönes Ganzes wird...

Die Wortspinnerinnen

Janinne Arnegger

Das bin Ich. Aber wer ist denn eigentlich Ich?

Einfach jemand, der gerne mal abdriftet in andere Welten, Zeiten, Persönlichkeiten und das alles zu einem fantastischen Gespinst verwebt.
Der den Zauber der Worte liebt, sich immer wieder neu erfinden möchte und magische Einladungen ausspricht.

Das alles am malerischen Ostseefjord Schlei. Hier lebe und wirke ich in meiner Villa Kunterbunt zusammen mit meiner

großen Familie, Katzen, Hühnern, Feen, Elfen, Wasser-
geistern und noch Einigem mehr.

Frei nach dem Motto „Im Herzen Barfuß".

Regina Deuter

Es gibt so viele Geschichten, so viele Bücher und vermutlich
ist alles schon einmal erfunden, niedergeschrieben oder
berichtet worden auf die eine oder andere Art und Weise.
Doch jedes Mal, wenn ich ein Buch aufschlage und zu lesen
beginne, tauche ich ein in eine unbekannte Welt, die nur
deshalb vor meinem geistigen Auge entsteht, weil jemand
sie erfunden und kunstvoll in Worte gefasst hat. Und
während ich eintauche in diese Welt, interessiert es mich
nicht die Spur, ob es all das in irgendeiner Form vielleicht
schon einmal gab. Es ist diese eine Geschichte, die neu
erzählt wird, die mich neu verzaubert, in andere Welten
entführt und mich erst wieder loslässt mit dem letzten Satz,
manchmal aber auch erst sehr viel später. Deshalb lese ich
gerne, heute wie damals.
Schon als Kind trug ich stapelweise Bücher aus der
Bibliothek nach Hause. Am warmen Kachelofen oder im
Lichtschein der Taschenlampe unter der Bettdecke
durchlebte ich mit Tom Sawyer und Huckleberry Finn oder

191

mit Emil und den Detektiven Abenteuer, ging mit ihnen durch dick und dünn, während stets das Gute über das Böse siegte.

Doch genauso gerne war ich draußen, spielte in den Hinterhöfen von Mietskasernen und bewegte mich auf den Straßen der geteilten Mauerstadt, in der ich aufwuchs, „mittenmang im Arbeiterkiez".

Ich durchlebte reale Abenteuer, ging mit realen Freunden durch dick und dünn und lernte, dass nicht immer das Gute über das Böse siegt. Aber das Leben da draußen war nicht minder spannend und ich entdeckte die Lust an eigenen Geschichten.

Deshalb schreibe ich gerne, damals schon und heute ganz besonders.

Statt dem langweiligen Unterricht zu folgen, erfand ich unter der Schulbank an den strengen Augen des Klassenlehrers vorbei meine erste eigene Geschichte. Meine Leserinnen waren meine Klassenkameradinnen, die mich anspornten weiterzuschreiben, Kapitel für Kapitel. Dann folgte die Berufswelt und ließ nur noch Raum für ein paar kleine Gedichte und Tagebücher.

Das ist lange her und man könnte meinen, das Großstadtleben hätte aus mir eine „Berliner Pflanze" gemacht und meine jahrzehntelange Arbeit in der juristischen Assistenz, in der präzises, sachliches Formulieren von Vertragstexten im Vordergrund stand, hätte meine kreativen Gedanken „zurechtgestutzt".

Aber so ist es nicht. Die Liebe zur Natur, die mir in einem kleinen, hessischen Dorf in die Wiege gelegt wurde, die Sehnsucht nach Meer und die Begeisterung für Geschichten ziehen sich wie ein roter Faden durch mein Leben.

192

Vor fünf Jahren endlich habe ich dem viel zu schnell gewordenen Großstadtleben den Rücken gekehrt, habe meinen Flugfaden treiben lassen Richtung Norden.
In Kappeln an der Schlei blieb mein Faden hängen, fand einen guten Ankerplatz. Hier lebe und arbeite ich, bin gern unterwegs am Meer, im Wald und im Garten, den Kopf voller Ideen.
Wenn ich schreibe, tauche ich ein in eine neue Welt und es interessiert mich nicht die Spur, ob all das schon einmal so oder in einer anderen Form niedergeschrieben wurde. Ich schreibe einfach…

Ute Hörcher

Unsere Geschichten sind fast alle hier im Land zwischen den Meeren entstanden. Sie spielen draußen in der Landschaft, in Dörfern oder großen Städten, in magischen Welten oder fernen Ländern, aber genau wie Jannine und Regina lebe und schreibe ich hier zwischen Ostsee und Schlei.

Verändert der Ort, an dem wir leben, die Art, wie wir schreiben? Sind meine Geschichten anders, weil ich seit mehr als 25 Jahren auf dem Land lebe?

Ich bin gern draußen und genieße die besondere Atmosphäre am Meer, wenn sich der Strand nach einem heißen Sommertag leert und die Möwen allein zurückbleiben. Ich mag die stürmische Nordsee und die ruhigere Ostsee, trockene Kräuterwiesen und nasse Weiden am Seeufer, kleine Strandwäldchen und mächtige Buchenwälder, weite Heideflächen und unheimliche Moore. Den Zauber dieser Orte möchte ich gern teilen, sie so beschreiben, dass die LeserInnen die Landschaften vor sich sehen, ihre Atmosphäre spüren können.

Vielleicht, damit sie sich selbst auf den Weg machen, ihre eigenen magischen Orte zu finden.
Vielleicht, weil ich hoffe, dass Menschen, die sich mit besonderen Orten in der Natur verbunden fühlen, sich auch für deren Schutz einsetzen.

Das Spannendste an den magischen Orten sind für mich aber die Begegnungen, die Menschen berühren:
Manchmal nur federleichte Berührungen –
wie von einem Schmetterling, der sich an einem warmen Septembertag auf einem nackten Fuß niederlässt und seine zarten Beinchen kaum spürbar in die Haut drückt, damit der Wind ihn nicht davonweht.

Die Geschichten in diesem Buch und alle handelnden
Figuren sind mit viel Fantasie von den Wortspinnerinnen
frei erfunden und mit Liebe zum Detail ausgeschmückt
worden. Jegliche Ähnlichkeiten mit lebenden oder realen
Personen sind rein zufällig und nicht beabsichtigt.